目次

ようこそ紅葉坂萬年堂

一筆目　はじめての万年筆のススメ

突然吹いた寒風に、綾瀬葵《あやせあおい》は首をすくめた。

見上げた空は夕焼けに染まりかけている。首筋を撫《な》でる冷たい風は、秋の到来を告げていた。

いつの間に。という軽い驚きがあった。

いつの間に、季節は夏から秋に移り変わっていたのだろう。

いつの間に、自分は季節を感じなくなったのだろう。

軽装の葵の横を、秋色の服を着た人たちが通り過ぎていく。

ショーウィンドウに映った姿にため息が出た。そこに映っているのは明らかに浮いた格好の自分。

薄手の白シャツ、黒のチノパンにスニーカー。シャツは仕事の制服で、スニーカーには今日こぼした珈琲《コーヒー》の染みがついていた。装飾といえば左手の腕時計くらい。

短大の栄養科を出てすぐ就職した飲食会社は、前期の経営難のためにアルバイトを大量解雇しており、結果生じた人手不足を、葵たち正社員が穴埋めしている状態だ。

どう考えても無理がある状態をどうにかするのは人間だけ。で、葵は今やっと地獄の十六連勤を終えたところだった。

明日もヘルプに来てくれない？　という恐ろしいエリアマネージャーの言葉に、明日はどうしても外せない家の用事が……と頭を下げて逃げてきた。

キッチンのスタッフとして採用されたのに、どういうわけかホールの仕事を半年続けている。空いた時間でキッチンの仕事を覚えればいいと自分を励ましていたが、その「空いた時間」がまったくない。

いっそのこと今の会社を辞めようかと考えたこともあるが、このご時世、求人が出ている飲食業界はどこも似たり寄ったりの状況だと先輩に言われた。加えて、そうまでしてキッチンで働きたいか、という自問が最近頭をぐるぐるしている。

自分が作った料理をだれかに食べてもらいたい、という情熱が、いつの間にか薄れているのを自覚して途方に暮れる。

正直今はただ、生活に事足りるお金がもらえればそれでいい。

「こんなんじゃ、だめだよね……」

ヘルプにかり出された他店舗はショッピング街の一角にあった。

そのせいだろうか、道行く女の人たちがみんな綺麗《きれい》でおしゃれに見えて、その中で、

小学館文庫

ようこそ紅葉坂萬年堂

神尾あるみ

小学館

自分一人だけがひどくみすぼらしく思えた。

美容院に行く暇がなくて伸ばしっぱなしの髪が、風に吹かれて視界を覆う。

——きみの代わりは、いくらでもいるから。

不意によみがえった上司の言葉に、喉が詰まった。落ち着け、と自分に言い聞かせているあいだも、なにか失敗するごとに上司に言われる「代わりはいるから」という言葉が、葵の思考を黒く塗り潰していく。

代わりは、それはもちろん、いるだろう。

注文を取って、料理を運び、食器を片づけ、レジでお会計をする……。葵でなくてはできない業務ではない。短大で得た栄養学に関する知識なんて、毛ほども役に立っていない。

自分の代わりはいくらでもいる。それでも……

「…………っ」

急にこみ上げた吐き気に驚いて足を止めた。目の前が暗い。後ろから来た人がぶつかって、苛立《いらだ》たしそうに舌打ちをこぼす。

ふらつく足で人混みを抜けて路地に入ると、壁にもたれてリュックを開けた。

定期入れを取り出し、中から一枚の紙片をそっと引き出した。丁寧に紙を広げ、そこに書かれたメッセージを何度も何度も目で追って、こころの中で繰り返す。

それは葵にとって、救いの言葉。お守りのメッセージ。辛《つら》くて逃げ出したくなったときにはこれを見て、自分を奮い立たせながら、なんとか今日までやってきた。これからだって、なんとかやっていけるはず。

「よし！　もう大丈夫。わたしは、まだがんばれる」

言い聞かせるように呟《つぶや》いて、慎重な手つきで紙を元通り折りたたんだ。

次からはもっと頑張ろう。頑張って、ミスをなくして、フォローに回れるくらいになろう。ホールの仕事を完璧に覚えたらキッチンに移すからと、採用当初に店長も言っていたじゃないか。

リュックを背負い直すと、ふと思い直して駅とは反対方向へ歩き出した。明日は休日なのだし、せっかくだからなにか買い物でもして気分転換しよう。ただの散策だって構わない。なにか、いつもと違うことがしたい。

大通りから一本裏へ入り、当てもなく気分が向くほうへ歩いてみる。少し肌寒いが、歩いていれば気にならない。澄んだ夕空を、巣へ帰る鳥が横切っていく。

いくらも歩かないうちに、ふと、足下に赤色が落ちた。

なにかと思えば、染まりかけの紅葉だ。立ち止まっているその間にも、まだ緑を残した葉が風に運ばれてくる。何の気なしにつかまえたその葉をくるくる回しながら、角のパン屋を左に折れた瞬間だった。

視界いっぱいに「赤」が広がって、足が止まった。

なだらかな上り坂。広い道の両側に、赤く色づいた紅葉がずっと上まで並んでいる。それが風に揺れてさわさわ音を立て、石畳に緋色《ひいろ》の葉を散らしていた。

「すっごい……」

夕空の下、紅葉は嘘《うそ》のように赤くて、まるで人工的に染められているみたいだ。それを頭上に見ながら急な坂を上っていく。途中、道の下を細い川が流れていた。その川を渡った先に小さな店があった。

ガラス張りの店内から明かりがあふれて、薄暗い歩道を温かく照らしている。店の中を覗《のぞ》きこんだ葵は、小さく歓声を上げた。

たくさんのペンだ。

コの字を描いたショーケースの中に、ペンがずらりと並んでいる。様々なペンがまるで宝石のように、照明の光を反射させて輝いていた。

「……ボールペンでも、買おうかな」

仕事で使っていた百円ボールペンが、そういえば壊れてしまったのだった。せっかくだし、ちょっと良いボールペンでも買ってみようか。なにか、そう、気分が華やかになるものが欲しい。

ガラスのドアを引き開けると、上についた小さなベルがチリンと鳴る。店内は暖かく、かすかにクラシック音楽が流れていた。

カウンターの向こう側に店員の姿はない。葵はそろそろとショーケースに近づくと、端から順に、一本一本見ていった。

特に文房具好きではなかったはずなのに、見るからに特別な一本といった感じのペンがこうして並んでいると、自然とこころが弾んでしまう。メーカーごとにどことなく雰囲気が違うのも見ていて楽しかったし、どんな素材でできているのかわからないものもたくさんある。ちょっと見たことない色や模様をしたものも多くて、まるでペンの美術館みたいだ。

コの字の逆側に差しかかったとき、足が止まった。

そのペンを見た瞬間、思わずため息がこぼれてしまった。べっこう飴《あめ》のような艶やかな表面には、朱《あか》と乳白の色彩がちりばめられている。そんなはずはないのに、触ったらやわらかく形を変えそうで、光を吸収しているかのように淡く輝いている。

「きれい……」

感嘆している葵の視界に、不意に影が落ちた。

「そちらのペン軸はセルロイドでできているので、樹脂や金属とはまた違う、独特の触り心地を味わえますよ」

独り言に反応があって、葵はあわてて顔を上げた。カウンターの向こうに、いつの間にか男が一人立っていた。仕立てのいい白いシャツに、黒のベストが映えている。

目が合った。涼しげな切れ長の瞳だった。

「あの、お邪魔してます……」

「いらっしゃいませ」

男の穏やかな声が、うろたえる葵を落ち着かせた。彼の視線につられて、ケースの中へ目を戻す。朱と乳白の艶やかなペン。

「今ご覧になっていたこちらは、プラチナ万年筆という日本のメーカーが作っている、センチュリーというモデルの一つです。この色の名前は、キンギョ」

「金魚……ですか。ぴったりですね」

たしかに、金魚はこんな模様をしている。見覚えがあると思ったら、それか。

「ええ。レトロな雰囲気の、鮮やかな発色の軸です。セルロイドは、プラスチックが発明される前には広く万年筆の軸として使用されてきたんです。プラスチックが普及してからは耐久、耐熱性、加工の手間暇の点から取って代わられましたが……。しかし、その独特の手触りや、色彩の鮮やかさはほかに代わる素材がありません」

淀《よど》みない紹介にはペンへの愛情がにじみ出ていて、耳に心地よい。

「お試し書きをされますか？」

「えっ、と……じゃあ、お願いします」

ちらりと値段を見やって、出せない額ではないのを確認した。とはいっても、今まで葵が使っていたペンとは比べものにならない額だ。

「では準備いたしますので、あちらにおかけになってお待ちください」

案内されたのはカウンターの角《かど》にあった木製のテーブルだった。ペンを出している男の手を見て、葵は首を傾《かし》げる。

「左手、怪我《けが》されてるんですか？」

シャツから覗く骨ばった手首には包帯が巻かれていた。彼は一瞬顔をしかめ、それから苦笑する。

「お恥ずかしながら、捻挫しておりまして……。左利きなので少々困っております」

「それは……大変ですね」

「お見苦しいところがあるかもしれませんが、どうぞ大目に見てやってください」

話しながらも、男の手は滑らかに動いている。細くて長い、きれいな指。

「万年筆は、今までお使いになったことがありますか？」

「ないです。……もしかして、それ万年筆なんですか？」

「ボールペンでお探しでしたか？　同じモデルでボールペンも出ていますが」

キャップを開けて現れたペンの先は、葵も形だけは知っている万年筆のそれだった。照明を反射してきらりと光る金色が美しい。

返答も忘れて見とれていると、男が微笑《ほほえ》んだ気配がした。

「せっかくなので、お試し書きだけでも、ぜひ」

「はい！　お願いします！」

勢いこんで頷《うなず》くと、くすりと笑みがこぼれる。嫌味な笑いではなかったが、予想外に響いた自分の声が恥ずかしくて、思わず口元を両手で覆った。

「普通お使いになるときには、中にインクカートリッジを挿していただくのですが、お試しということで、つけペンの状態でお渡しします」

そう言って、彼は無駄のない手つきで（捻挫した利き手が時折邪魔したけれど）金色のペンの先を一度水に浸《つ》け、軽く水気を取ってから今度はインクの入った瓶に差し込んだ。ペンの先の余分なインクを布に吸わせると、手元の紙へ格子状に縦と横の線を書き、続いて斜めの線、それからくるくると8の字に似た曲線をいくつか描く。

「どうぞ」

差し出された万年筆を恐る恐る両手で受け取った。たしかに、プラスチックとは違う感触だ。なめらかで、硬いのに、やわらかい。

「ペン先の、刻印があるほうを上に向けて、そうです……ボールペンを使うときよりも、心持ちやさしく、寝かせ気味にしていただくとすらすら書けます」

言われたとおりに持ち直して、ペンの先端が紙面に触れた瞬間、声が漏れた。まるで力を入れていないのに、するりと青いインクが出てきたのだ。

「私は、万年筆で書かれた文字が、世界で一番美しいと思っています。使い手の想《おも》いが、字を見る者に伝わってくる」

彼は、どこか夢見るような口調でそう言った。大げさな、とは思わなかった。万年筆で書かれた文字には、インクの濃淡が現れる。ボールペンで書いた字のように均一の濃さではない。だからだろうか、その字にはどこか温かみがあった。

紙面にインクが載るさまを、じっと見つめてしまう。乾くまでのわずかな時で、インクは表情を変えていく。

そのままくるくると線を書き、続いて「あいうえお」と書いてみる。それから男の勧めにしたがって文章を——住所の一部や、そのあたりの冊子のフレーズを写す。試筆用紙がいっぱいになったタイミングで、すかさずページをめくってくれた。すらすら流れ出る青いインクの軌跡が楽しくて、手が勝手に文字を求めて動いてしまう。もっと書きたい。書くこと自体が楽しい。

「……あの、今さらなんですが、ここってなんていうお店ですか？」

「紅葉坂萬年堂《もみじざかまんねんどう》といいます。そこの坂の名前をいただいたんです。坂の紅葉も、もう少しで見頃ですよ」

「もう十分に見頃だと思いましたけど、これからまだ赤くなるんですか？」

「まだ少し緑が残ってますからね。ここで迎える秋は二度目ですが、去年の紅葉は見事でした。散り際も、赤い雨が降っているみたいで」

　赤い雨、だなんて、詩的な言葉を使うひとだ。

　差し出された名刺を見て驚いた。まだ若そうに見えるけれど、どうやらこの男が店長らしい。二度目の秋、と言っていたから、開店して一、二年か。

「今お出ししているのは中字のペン先ですが、いかがですか？　これより細い字幅も、太い字幅もございますよ」

「試してみてもいいですか？」

「もちろんです」

　ほかの字幅やボールペンを試し終わったころには、すっかり最初に手にした一本に魅了されていた。万年筆など、ついさっきまで興味もなかったはずなのに。

「プラチナ万年筆のペン先は、少し面白いんですよ」

　長い指が二枚目の試筆用紙をめくる。

「この、ペン先に開いている小さな穴をハート穴というんですが、それにちなんで穴がハートの形になっているんです」

「あっ、本当ですね。かわいい」

　新しい用紙にハートマークを描いてみて、ふと思う。こんなに字を書いたのは久しぶりだった。短大の講義以来、いや、エントリーシート以来だ。

ここ最近、オーダーやメモを取るとき以外に、なにかを書いたりした覚えがない。

そんな自分が、これから先の生活で万年筆なんて使えるだろうか。

時間は捻出しようと思えばできるだろう。でも、くたくたに疲れて帰宅したあと、万年筆を出して、さあ手紙でも書こうかという気分に果たしてなれる？

衣替えさえ、億劫《おっくう》になっているというのに。

日々、なんとか生きていくのに精一杯で、それ以上のことに思考が及ばない。友人とだって、しばらく会っていない。毎日落ちこんで、倒れ込むようにして眠って、起きて、決まった道を機械的に行き来して……そうしてなんとか、一日を乗り切って。

「代わりはいる」と言われることに、びくびくしながら生きている。

なんのために自分は働いているのだっけ、と不意にわきあがった疑問を頭から追い出し、朱《あか》い万年筆をそっとトレイに戻した。

「わたし……この万年筆を、ちゃんと使ってあげられそうにないです」

せっかく、こんなに綺麗なのに……。

葵のもとへ来ても、このペンは不幸になるだけのような気がした。この子を使ってあげられる余裕が、今の自分の生活にはない。

「宝の持ち腐れになったらと思うと……この万年筆がかわいそう」

男はしばらく黙って、それからやさしい手つきで朱い万年筆を取り上げた。自分のもとから離れていく綺麗なペンに、つんと胸の奥が痛んだ。

「もし、あなたがいまの生活を変えたいとお思いなら」

てっきり「そうですか」とか、「残念です。またのご来店をお待ちしています」とか、そんな類いのことを言われると思っていたので、葵は驚いて男の顔をじっと見つめてしまう。

「この万年筆は、きっとあなたのお役に立ちますよ」

「役に？」

葵の問いに、男は静かに頷いた。

「本当にいい万年筆は、時間がなくても、持ち主に使いたいと思わせます。自然と手が求めてしまう。忙《せわ》しない生活の中でも、ゆっくり字を書く至福のひととき。そんな、豊かな時間と感動を持ち主に与えてくれるのが、本当にいい万年筆です」

たしかに、こんなに素敵な万年筆ならば、疲れていたって手に取りたくなるだろう。葵はすでに、この万年筆で文字を綴《つづ》ることが気持ちいいと知っている。

「万年筆を所有するということは、単純に筆記用具を所有するということとは少々異なる……と、私は思っています。万年筆を持つということは、万年筆の世界ごと手に入れるということです」

「万年筆の、世界……」

それにしても、と、彼は微笑んだ。

「そんなに思いやってもらえるなんて、この万年筆は幸せです。あなたのもとへ行くのが、ペンにとっても幸せだと思います」

そう言う彼の口調に、我が子を見守る親のような愛がにじんでいたので、葵のこころもじわりと温かくなる。彼は、本当に、万年筆が好きなのだろう。

伏せていた目を上げ、彼は葵を見つめる。

「もちろん無理にとは言いません。もともとボールペンをお求めだったわけですし」

――いまの生活を、変えたいなら。

男の言葉が、遅れて葵の胸に染みこんでくる。

漠然と、この万年筆を毎日使えるくらいの生き方がしたいと思った。それくらいの、こころの余裕が欲しかった。

葵がたくさんのペンの中からこの万年筆を選んだように、葵もだれかに選んでもらえるような……、少なくとも、それを望めるような場所で生きたい。

考えがまとまらなくて店の中を漂った視線が、ふとあるものを見つけて瞬く。

「あの、あれって……」

カウンターの端、片づけ忘れたらしい紙に「急募」の文字を発見する。書きにくそうに歪《ゆが》んだ文字は、きっと捻挫した彼の左手が書いたものだろう。

葵の示した先を見て、彼は「あ」と小さく声を上げた。あわてて書きかけの紙を片づけながら、苦笑を浮かべる。

「先日、長く働いてくれていた人が辞めてしまって、そんな折にこの捻挫……。字もまともに書けない有様なので難儀しているんです。猫の手も借りたいくらいに」

その瞬間、突風が吹いた気がした。胸の中を駆け抜けた風が、立ちこめていた黒いもやを吹き飛ばす。

一瞬にしていくつもの考えが浮かんで、そして消えていった。

それらが導き出した結論を脳が理解するより先に、口が、言葉を発していた。

「わたしを、雇っていただけないですか！」

猫の手よりずっと役に立ちますから、と、鬼気迫る顔で拳を握ったので正直怖かった、と後になって彼に指摘されたが、どういうわけか葵は覚えていなかった。

たぶん、記憶が吹っ飛ぶくらい必死だったのだろう。

◇

宗方志貴《むなかたしき》。それが、紅葉坂萬年堂の主の名だった。

穏やかな雰囲気の物静かなやさしいひと……という顔がどうやら完全に接客モード限定らしいと気づいたのは、わりとすぐのことだった。

葵の勢いに押されるようにして「では履歴書をお持ちください」と宗方が応じたあの日から、もう半月が経《た》つ。怒濤《どとう》のように過ぎていった二週間の記憶は、ところどころ虫食いのように飛んでいる。

あの日、初めて万年筆という存在に出会って、我が身の生活を振り返り、なにかに突き動かされるようにして気づいたら雇ってくれと詰め寄っていた。

いま考えると、とんでもない。

一夜明けて目覚めたベッドの上で、しばし呆然《ぼうぜん》としたのも今となっては笑え……いや、笑うにはまだ日が浅い。とにかく自分のしたことが自分でも信じられなかった。

よくもまあ雇ってくれたと思う。一応試用期間とはいえ、葵は制服代わりの黒エプロンを身にまとい、紅葉坂萬年堂のカウンターの内側に立っている。

万年筆のみならず、文具全般初心者の葵が雇われたのは、宗方が本当に「猫の手も借りたい」と思っていたから、かつ、葵の字がきれいだったからである。

その日のうちに提出した葵の履歴書を一目見て、宗方志貴はひとこと、「試筆のときも思っていましたが、美しい字ですね」と言った。それは買ったばかりのセルロイドの万年筆で書いた字だった。

取り立てて特技を持たない葵にとって、字だけは唯一自信が持てるものだ。それもこれも、字は人の内面を映すといって習字を（半強制的に）習わせてくれた祖母のおかげである。こんなところで、祖母に助けられるとは思っていなかった。

亡き祖母が、今までの生活から葵をすくい上げてくれたような気がする。

それにしても、と、万年筆のペン先を洗いながら葵は思う。

――この半月は、まさしく地獄だった。

仕事を辞めたいと告げた葵を、上司は一応引き止めた。葵の決意が固いのを知ると、今度は態度を一変させて罵声を浴びせ、辞めるまでの二週間はそれまで以上に酷使された。だけどもう、終わったこと。過去のことは考えまい。

残業三昧で有休も取れない会社だったけれど、あの日他店舗のヘルプを命じられていなければ、万年筆とも出会えていなかったかも知れない。少なくとも、いま、ここにはいなかった。そう考えれば無駄ではなかったし、無駄にしたくなかった。

教わったとおりに万年筆を洗浄しながら、耳の奥にこびりついた罵声を過去へと追いやる。コップの中の水が、ペン先から流れ出たインクで青く染まる。

静かな店内には、クラシック音楽と、かすかな水音しかしない。

「普通に洗っているだけで、どうして手がインクだらけになるんですか」

不意に後ろから声がして、危うくコップをひっくり返しそうになる。振り返ると、眉間にしわを寄せた宗方志貴が立っていた。

「袖にも付いてますよ。奥で洗ってきたほうがいいです」

言われて視線を落としてみれば、たしかに白いシャツの袖に青が染みていた。どの時点で付いたのか、覚えがない。あわてて袖を洗い戻ってくると、宗方の軽いため息に迎えられた。

ここへ来てからまだ幾日も経っていないのに、このため息をいったい何度聞いただろう。そのたびに、葵のこころが申し訳なさに沈んでいく。猫の手も借りたいとはいうけれど、本当に猫の手では役に立たない。

「落ちましたか？」

「なんとか」

「顔料インクだったらシャツが駄目になるところですよ」

「……えーと、顔料は水に強いインクで、万年筆のインクで一般的に多いのは染料インク。色やメーカーによって耐水性や速乾性には違いがあって……成分は企業秘密」

覚えたての事柄を記憶から引っ張り出すと、宗方が「正解です」と頷いてくれる。

「じゃあ、僕がもう一度ペン先の洗浄をしてみせるから、ちゃんと見てて」

「はい」

宗方は、接客時以外は自分のことを「僕」という。あの穏やかな笑顔もどうやら接客モード限定みたいだ。葵と二人のときはわりと無愛想で、心なしか声も低く、深みを増す。

だが、万年筆への姿勢は一貫して変わらない。すらりと長い指が万年筆を扱う様子は、まるで映画のワンシーンのようだった。

ぎこちない葵の手元とは全然違う。

いま宗方が手にしているのは、さっき葵が試し書きさせてもらった万年筆だ。

国産と外国産では、同じ字幅——ペン先の太さのこと——をうたっていても、太さが異なる場合がほとんどだ。同じ字幅の表示が同じならば、外国産より国産のほうが一回り細く作られていることが多い。字幅の表示が同じならば、漢字を書くことを想定しているからだ、と宗方が教えてくれた。アルファベットより画数の多い漢字は、太い字幅で小さく書けば潰れてしまうゆえ、そういう傾向にあるらしい。

字幅の明確な基準はない。例えばボールペンみたいに、細字の太さは0．5、とはならない。同じ日本製でもメーカーによって違うし、個体差もある。結局は試してみるのが確実で、ならば店頭に足を運ぶしかない。

だからこそ、試し書きは落ち着いた環境で納得のゆくまで……と、宗方は言う。

そのためにも、対応する店員は相応の知識と手際を求められる。試筆するお客さんの前で袖口をインクで染めている場合ではない。

一本の万年筆を選ぶのに、場合によっては十本以上試筆することもざらだという。この前の葵の場合はたった一本に一目惚《ひとめぼ》れだったけれど、それはどうやら珍しいことで、だいたいのお客さんが複数の種類を試し書きする。選ばれた一本以外は、洗浄して速やかにショーケースに戻さなくてはならない。

宗方の手が、流れるような動作で万年筆のペン先を洗浄していくのを、葵はじっと見つめる。丁寧な手つき、それでいて速い。利き手を捻挫していても、葵より速い。

「ペン先全体をつけないと、効率よく水が吸引できない。インクを吸入するときも同じです。きみの場合はハート穴までしか水につけてないから空気が混じる。もう少し上まで……ペン芯全体を水に浸けないと」

「えっと、ペン芯というのは……」

記憶の中から、万年筆の分解図を引っ張り出す。覚えなくてはいけないことがありすぎて、二週間であわてて仕入れた知識には欠陥が多い。

返ってきた宗方の沈黙に、葵は身をすくませる。

「すみません。勉強します……」

「いえ、……一通り扱い方を教えたあとでいいかと思っていたけど、先に万年筆の構造について詳しく教えたほうがいいかも知れない」

洗い終わったペン先をコップから引き上げて、宗方はかすかにため息をついた。

「万年筆初心者を雇うのは初めてで、正直僕も勝手がわからない」

「早く……覚えるようにします」

小さくなりながらそう答える。準備期間の二週間でそれなりに勉強したつもりだったが……忘れていたのでは意味がない。

「いや……初心者のきみを採用すると決めたのは僕だから。わからないことがあったら、その場ですぐきいて」

宗方の切れ長な目を見つめると、さりげなく視線を逸《そ》らされる。同じ空間に長くいても、宗方とはあまり目が合わない。

まだ出会って間もないが、どうも宗方志貴という男は人と接することが苦手らしい。接客のときはあんなに慣れた様子だったというのに。

接客モードとプライベートモードで、これだけ違う人も珍しい。

店員と客として会話して以来、彼は葵の目をまっすぐ見て話さないし、業務に必要なことしか喋《しゃべ》らない。いつか他愛ない雑談ができる日が来るのだろうか。今のところ無理そうだ……という諦めを押しきり、思い切って質問してみる。

「あのー……じゃあ、ずっと気になっていたのですが、宗方さんはどうして万年筆を使うようになったんですか？　いつから使ってるんですか？」

「じゃあ万年筆の構造についてざっと説明するから」

「え、あの……」

「質問は、僕に関すること以外で」

ぴしゃりと言われてしまっては、それ以上尋ねられるわけもない。他愛ない雑談の可能性を、葵は早々に丸めて捨てる。

「万年筆はどうやってインクをペン先から出していると思いますか？」

「それは……差し込んだインクカートリッジから、インクがペン先に流れていって」

「ただ流れているだけなら、筆記にちょうどいい量が、書きたいときにだけ一定して出てくるわけがない」

そう言って、宗方はペン先をくるりと裏返した。金色のペン先の裏には、たくさんの溝が刻まれた黒いものがついている。宗方の指先が、その黒い物体を指した。

「そんな理想的な現象を一手に引き受けているのが、このペン芯と呼ばれる部品です。最近は樹脂で作られてるものが多いですね。これもそう。……綾瀬さん、理科の授業とかで毛細管現象って習った？」

「毛細管現象……ですか？　えーと、すみません、思い出せません」

「細い管を水の中に立てると、水が管の中を上っていくっていう……」

わかっていない顔の葵をちらりと見て、宗方は席を立つ。奥の控え室から戻ってきたときには、その手にストローが握られていた。青い水の張ったコップに、そのストローを入れる。

「ほら、水がストローの中を上ってるのが見えますか？　これが毛細管現象。この現象を利用して、インクをペン先へ伝わせるのがペン芯という部品です」

「なるほど……あっ、もしかしてアロマスティックも同じ現象ですね？」

アロマオイル入りの瓶に木の枝を差して、アロマの香りを拡散する……あの木の枝も、このストローと同じ要領で液体を吸い上げているのだろうか。

我ながらわかりやすい喩《たと》えだと思ったのに、宗方は首を傾げて「それはともかく」と先を続けた。

「さらに、インクがペン先から効率よく流れるには、出たインクの分と同じだけ空気が取り込まれる必要がある」

その図を思い浮かべるように宙を見やった葵に、宗方が重ねて言う。

「じゃないとカートリッジの中が真空になるでしょう？」

「あ、そうか」

「空気を取り込むための溝を空気溝といって、それはペン芯の中にあります」

きれいな金色のペン先にばかり目がいって、その裏のペン芯にはあまり注目していなかった。

「ほかにも、ペン芯に刻まれているくし溝には、余分に流れたインクをいったん溜《た》めて、ペン先へのインク供給量を調整する役割があります」

「ペン芯って、地味ですけど、かなり重要な部品なんですね」

万年筆の仕組みを一手に引き受けている心臓のようなものだ。思わず、自分の万年筆を取り出してペン芯を確認してしまう。美しい軸にばかり目がいっていたが、これからはペン芯のことも気にかけてあげよう。

「この現象を万年筆に応用したのが、ルイス・エドソン・ウォーターマンです」宗方がウォーターマン製のペンを指さした。「当時の主流はインクをペンの内部に貯蔵する鉄製のペンだったんですが、インク漏れしやすいという弱点がありました」

「つまり、ペン芯なしの万年筆……みたいなものですか？」

「そんなところです。当時保険外交員だったウォーターマンもそれを使っていましたが、いざ大口契約を結ぶ段になって、契約書にインクを落として染みができました」

「ああ……」

「後日新しく作り直した契約書を持って行ったら、すでにその顧客は他者と契約を結んでしまったあとだった、というわけです」

「……え、それがきっかけでウォーターマンさんは万年筆を作り始めたんですか？」

「だいぶ脚色された逸話です。どこまで本当かは……。でも、仕事で使っていた万年筆にいろいろ不満があったのは事実でしょうね」

保険外交員から、まさかの万年筆開発への転身。

「さっき説明した、毛細管現象を利用したペン芯を彼が発明したのが一八八三年。これが今日《こんにち》の万年筆の原型です。彼なくして、今の万年筆の姿はなかったかも知れない。彼の決断と転職に、きみも十分に感謝するように」

「はい！」

びしっと言われて、反射的に葵はウォーターマンのペンに拍手を送った。

「…………」

いや違う。こういうことじゃない。

店内に虚《むな》しく響く拍手を誤魔化すように、こほん、と一つ咳払《せきばら》いする。宗方を見ると、彼は口元を押さえてそっぽを向いていた。

「ウォーターマンに届くといいですね」と宗方は言って、話題を変えるように葵の胸ポケットを指さした。

「それ、調子はどうですか」

それ、とはもちろん、この前買った万年筆のことだ。プラチナのセルロイド。

「とってもいいです！　あれから毎日、日記をつけるようにしてて……文字を書くのがこんなに楽しいのは久しぶりです」

「よかったですね」

「はい！　これも宗方さんのおかげです」

満面の笑みでそう告げると、宗方は無言で目を伏せてしまう。

「……綾瀬さんがいま使ってるプラチナのセピアのインク、それ染料じゃなくて顔料だから、水や褪色《たいしょく》には強いけど、長期間放置したりすると、ペン芯の中でインクが固着するから注意してくださいね」

「注意って、具体的にどうしたら？」

「まあ、ほかの万年筆と結局は一緒ですよ。一、二ヶ月に一回くらい洗浄する。キャップを開けっ放しで放置しない、とか」

「わかりました」

「あとは……ああ、もう遅いかもしれませんが」

「え？」

「服に付くと取れにくい。ですが、どうせもう被害は出てそうだな、と」

「う…………」

実を言えば、すでに部屋着にセピア色の染みをつくっている。インクボトルからインクを吸おうとしていたら、いつの間にか袖口がセピアに染まっていたのだ。いつの間にか。まったくもって不可解なことに。

「あと、セルロイドは熱に弱いから、コンロの脇とかに放置しないように」

視線を泳がせた葵に、宗方がびしりと追い打ちをかける。

「……注意します」

言い方はそっけないが、なんだかもらわれていった猫を心配するような雰囲気を感じて、葵はつい口元をほころばせる。

「宗方さんは、本当に万年筆がお好きなんですね。宗方さんに使われる万年筆は、きっと幸せですね」

一瞬、虚を突かれたように宗方が動きを止めた。それからちらりと葵を振り返って、またすぐ視線を逸らす。

「じゃなきゃこの仕事はしてないです」

伏し目がちの目にかかる睫毛《まつげ》は、光に透けてほんの少し栗色。

「宗方さんと万年筆の出会いって――」

「それじゃ、残りの万年筆も洗浄しておいて」

「……は、はい」

どうやら冗談ではなく心底自分の話はしたくないらしい。気を取り直して洗浄にとりかかったが、その後ふたたび手をインクで汚して、宗方に呆《あき》れられたのだった。

◇

——注意力散漫なのでは？

そう冷ややかに言われたのは、なんとか細々した業務に慣れてきたころだった。勤めはじめて早二週間。葵に任されている業務は、納品された万年筆の検品、お客さんの試筆後の万年筆洗浄、指示されたペンの発注、店内の掃除、などなど。それ以外の空いた時間、店内に二人だけのときは、宗方から万年筆のことを教わる毎日。

来客があると、宗方の雰囲気はがらりと変わる。

穏やかな物腰の、やさしさ百パーセントの彼を見ていると、そんな彼を怒らせるなんて自分はどれだけ駄目人間なのだろうと落ちこまずにはいられない。

葵は真っ二つに割れた無残な姿の万年筆を両手で拾い上げて、うなだれた。

注意力散漫という指摘に、返す言葉がない。

緑の縞《しま》模様の軸が、中ほどでぱっくり割れている。壁面の高い位置にディスプレイしてあったものを回収する際、不注意で落としてしまったのだった。

宗方の無言の叱責を後頭部に受けながら、葵はもう一度謝った。声がかすれる。

前の店で食器を割ったときのいたたまれなさとはまた違う感情だった。もちろん食器ならば割っていいわけではないけれど、備品を割るのと商品を割るのとではわけが違う。それに……。

「修理に出します。いい機会です、修理品を預かったときの手順を覚えてください」

「はい。本当にすみませんでした！」

「後悔してるんだったら、今後気をつけてください」

はい、という返事が喉の奥に詰まった。

宗方のため息混じりの声が、痛い。だれよりも万年筆を愛している彼の前で、それを割ってしまった。

緑の縞が美しい万年筆は、数日前宗方がその作り方を教えてくれたものだ。機械が作っているのだろうと思っていたが、意外にも万年筆の製造工程には手作業も多い。この割れた軸にも、人の手がかなり加わっている。

「あの……これって、修理でなんとかなるのでしょうか」

「接ぐ方法もないわけではありませんが、基本は修理というより交換ですね。つまり、全く同じ軸は戻ってこないってことです。たとえば、これがもしきみの万年筆だったたら」

そう言って、宗方は葵の胸ポケットを見やる。そこにはあのセルロイドの万年筆が挿してあった。朱と乳白の、美しい軸。

「きみが選んだその軸は、修理しても戻ってこないってことです」

ポケットの万年筆に思わず触れた。毎日使っているうちに、心なしか手に馴染《なじ》んできた気がする葵の万年筆。触れると、セルロイド独特のなめらかな感触がする。

修理の流れを説明する宗方の声に、葵はあわててメモ帳を取り出す。必死にメモを取ることで、不意によぎった暗い考えを振り払う。

自分が、この店の……宗方の、役に立っていないのではないかという、考えを。

◇

紅葉坂萬年堂は小さな店だ。車の多い大通りから一本逸れた、坂の途中にある。

坂の上に図書館や公会堂があるせいか、紅葉坂は人通りが多い。このあたりは観光客もいるし、萬年堂にふらりと入ってくる客はそれなりにいるのだけれど、たいがいは並んだペンの数々に驚き、ついでに値段にも驚いて店を出ていく。

まあ、衝動買いするにはたしかに高いけれど。

置いてあるのは万年筆と、ボールペン、それらにまつわるインクなどの消耗品。紙類も置きたいところですけどね、と宗方は言っていたが、このスペースではなかなか難しいだろう。

開店してから二年ほどだが、常連客も多い。今も、宗方は店頭で万年筆トークに花を咲かせていた。

葵と話すときからは想像できないほどの饒舌《じょうぜつ》っぷり。楽しそうな声が、奥の控え室兼作業部屋にまで聞こえてくる。

宗方の利き手は完治にはまだ遠い。

実際、発注書を書くのにも難儀していたようだから、葵がまったく役に立っていないということはないはずだ。最近は日々雑務もこなせるようになっている。

粛々と発注書をファックスで流しながら、葵はため息をつく。そんなことをいちいち自分に言い聞かせなくてはいけないのが、情けなかった。

宗方が葵の字の綺麗さだけは認めてくれているから、書類は気合いを入れて作成している。そう、このハイテク時代において驚嘆すべきことに、紅葉坂萬年堂ではほとんどの書類が手書きだ。一応控え室にはパソコンも置いてあったが、葵は宗方がそれを動かしているところを、まだ見たことがない。

ログインパスワードを教えてもらったとき、キーボードにうっすら埃《ほこり》が積もっていたのを覚えている。この現代社会において、どうしたらパソコンなしで仕事が進むのかはなはだ謎だけれど、とにかくここでフルに稼働しているのは電話とファックス。二大巨頭の一つであるファックスに発注書を流しながら、そうっと深呼吸をした。

どんなに書面を綺麗に整えても仕方がないのはわかっている。短時間でもいい、葵が一人で店を預かれるようにならないと、宗方の負担は減らない。

「……はやく、役に立てるようになりたいなあ」

そのためには、一人で接客できるだけの知識を身につけなければならない。万年筆の扱い方は一通り把握したと思うが、メーカーごとの特色や歴史、モデル名など、いくら資料を読んだってここへ来るお客さんのほうがよっぽど詳しい。

売り場での話題は、近々発売予定の限定モデルに移ったようだ。

挨拶したときに常連客に言われた「どうしてここで働こうと思ったの？」という言葉が頭から離れない。

それは純粋な疑問だった。葵のような若者が、どうして万年筆に興味を持ったのか、どんなきっかけだったのかと単純に気になったゆえの問い。

あの日なら、すぐに答えられた。

あの日、初めてここに足を踏み入れた日なら。

一本の万年筆に、こころを動かされたからだ、と。

葵にとっては比喩でもなんでもなく、まさしく人生を変えてくれた一本だった。胸ポケットに挿したセルロイドの万年筆を撫でながら、あの瞬間を振り返る。

ガラスケースの向こうにきらめいていた、この朱と乳白の美しい万年筆。

本当に、きらきら輝いて見えたのだ。宝石のように。

万年筆を取り巻く世界は、葵がそれまで生きていた世界とは違うような気がした。

そこに飛び込めば、自分も変われるような気がした。

少なくとも、あのときはそう感じたのだ。

たしかに労働環境は飛躍的によくなった。

きちんと休憩も取らせてもらえるし、決まった時間に退社もできる。当然といえば当然かも知れないが、そういうことを当たり前に気にかけてもらえる有り難さを、葵は知っている。

そして環境がいいほど、役に立てていないという思いは葵のこころに影を落とすのだった。

それでもここで、頑張らなくてはならない。

帰る場所なんてないのだから。

常連客に質問されたとき、その場に宗方がいなくてよかったと思った。つい言葉に詰まってしまった自分の姿など、彼には見せられない。見せたくない。

いつの間にか送信し終わっていた発注書をまとめてファイルに移すと、そろそろ葵の休憩時間だった。宗方と常連さんに声をかけ、外へ出る。

今日は珍しくお弁当ではない。なにを食べようかな、と考えながら紅葉の散る坂を下っていく。

どうしてここで働こうと思ったのか、という問いに、すぐに答えられていたらよかったのに。

——万年筆を、好きになったからだと。

◇

「宗方くん、珍しいね」

「え、なにがでしょう」

休憩で店を出ていく綾瀬葵の後ろ姿を見送っていたら、唐突に言葉をかけられた。目の前に座っているのは常連客の一人だ。自分の父親ともいえる年の男が、なぜかにこにこ笑いながらこちらを見ている。

「その顔」

「失礼しました、変な顔でもしていましたか？」

思わず頬に手を当て、それからその手に巻かれた包帯に気づいて顔をしかめる。捻挫してからだいぶ経つというのにまだ慣れない。思うように字が書けない日々に鬱憤は溜まるばかりで、最近はそれに加えてべつの問題も浮上している。

「新しく入った子、万年筆は初心者みたいじゃない」

「ええ。いろいろ不慣れなので、どうぞ温かい目で見守ってやってください」

「不慣れなのは宗方くんも、でしょう」

「え？」

「万年筆初心者の子と、こんなに長く一緒にいるの」

そう言われて、今さら自覚する。

どこか燻《くすぶ》っていた、自分でも扱いかねる衝動の所以《ゆえん》はそこだ。思えば、志貴が普段話をする相手は万年筆好きばかりで、自然と話題は万年筆に関することになる。

それ以外に盛り上がれる話題は自分にはない。何気ない雑談用の引き出しは、あいにく志貴の中には存在しない。

「自分が万年筆を使うようになったきっかけも話してあげてないんだって？」

「それは……彼女が？」

「万年筆との出会いの話になったときにね。宗方くんと万年筆との出逢《であ》いはいい話だからきいてみなよって言ったら、彼女、さすがにもうきけないですって」

「ああ……」

たしかに、二度きかれて答えなかったら、それ以来彼女は尋ねてはこなかった。

べつに隠しているというわけではない。単純に雑談が苦手なのだ。だから業務に関わること以外で、綾瀬葵と話したことはない。自分が万年筆を使うようになったきっかけくらい話してもかまわないのだが、そこから家族の話なんかに移ったらと思うと面倒で、つい避けてしまう。

「いい話」なんてハードルを上げられてしまっては、ますます話せなくなる。

言われてみれば、最初のころは出身地や使っている電車の話題を振ってきた綾瀬だったが、宗方があまり乗り気でなかったのを察したのだろう、数日もすると万年筆に関する質問以外はしてこなくなった。それが楽で、あえてこちらから話題を振るなんてことは考えていなかったし、綾瀬が気にしているとも思っていなかった。

「お客さんには話すのにねえ」

のんびりした口調にはどこか窘《たしな》めるような色が含まれていて、志貴は目を伏せる。

綾瀬がもしただの客だったら、自分はあっさり答えていただろう。ただの客なら深くは突っ込んでこないだろうし、自然と話題を万年筆に戻すことができるから。

万年筆のことならば、話は尽きない。いくらでも話せる。だけどそれ以外に、話すに値するものを自分は持ち合わせていない。万年筆を抜かせば、宗方志貴という人間がひどくつまらない存在なのは自覚している。

これまで雇っていたのは志貴と同じ、プライベートに関しては寡黙な男だった。年齢的にもそう離れておらず、話といえば万年筆や文房具に関することだけだった。

それに比べて綾瀬葵は一回りも年下で、万年筆も初心者、加えて女の子だ。正直、どう接したらいいのかわからない。持てあましているといってもよかった。女の子と話すことなんて、接客以外ではほとんどない人生を生きていたのだ。会話の方向性さえまったく摑《つか》めない。

真面目だが、たまにずれている彼女の行為を、笑わないようにするのが精一杯。

唯一といっていい古い付き合いの友人には、言葉がきついと叱られる志貴だ。彼女相手にもそうなっている自覚はある。自分の冷たい言葉に、最近ため息が絶えない。

「宗方くん、万年筆バカだからねえ」

「……苦手なんですよ」

「いい機会だから、雑談の練習だと思ってコミュニケーションとってみたら？」

そんな練習に巻き込まれても、彼女も迷惑だろう。

人付き合いが苦手でもこれまでだってやってきたのだ。今さら改善のしようもないし、特に困っていない。

いや、現在進行形で綾瀬葵との接し方に多少困ってはいるが、業務上は支障がないし、彼女ももう少しすれば仕事に慣れて、一人で店に立つこともできるはず。

それでも慣れなかったら、正式雇用される前に彼女のほうから辞めるだろう。今まででだって、そんなふうにやってきた。綾瀬葵の問題をそうやって隅へ押しやって、志貴は頭を切り替える。

「そういえば、ペリカンが今度出す限定モデルの予約、どうされますか？」

「そうそう、まだ太字の予約できる？」

「もちろん。一本確保してありますよ」

送られてきた資料を広げて見せながら、志貴は綾瀬葵のことを頭から追い出そうとする。いつもならすぐに切り替わるはずの頭は、どういうわけかまだ彼女のことを考えようとしている。自分でもわからないが、なにかが引っかかって容易に切り捨てられない。

一人で接客できるようになるよりも、彼女が志貴を見限ってここを去るほうがはやいかも知れないと、ふと思った。

そもそも自分はどうして綾瀬を雇おうと決めたのだったか。

決して、字が綺麗だったというだけでも、単純に人手不足だったというわけでもなかった。それくらいの長所なら、即戦力になる経験者をもうしばらく待っていてもよかったのだ。

だが志貴はそうしなかった。できなかった。なにか自分でもわからぬ力に導かれて、気づいたときには彼女を雇うと決めていた。

あの日、志貴は、ひとりの人間が一本の万年筆に一目惚れする瞬間を目撃した。

ショーケースを覗く彼女の瞳はきらきらと輝いていた。その輝きに、心を打たれた自分がいた。

どうしても、彼女にその一本をそばに置いて、使って欲しかった。

彼女なら、志貴の愛する万年筆を大切にしてくれるだろうと確信したから。同じ真剣さで、万年筆をだれかに届けてくれるだろうと思ったから。だから、採用した。

志貴の判断基準はいつだって「万年筆」だ。

それ以外には興味がない。

それが自分なのだから、しかたがない。それ以外には、持っていないのだから。

◇

おしゃれなカフェでランチを食べながら、葵は鞄《かばん》から一枚の紙を取り出した。

ノートから破り取られたと思われる紙にはほんのり透かしが入っていて、最近これがツバメノートの一部だとわかった。

これは、葵にとってお守りだった。

幾度となく広げ、たたみ直したせいで、折り目が破れそうになっている。紙面には、急いで書いたと思われる文字が、それでも整然と並んでいた。

葵の短い人生の中でも最悪といっていい絶望を味わったあの日、どこまでも沈んでいきそうになる自分を引き上げてくれたのが、このメッセージだった。

これがなかったら、今ここにこうしていられるかわからないほど、それくらいこの短いメッセージの存在に救われたのだ。

それ以来、落ちこむたびにメッセージを見る。この言葉をくれた顔も知らないひとのことを思う。

紅葉坂萬年堂で働くようになって一つ発見したことがあった。

この紙の文字は、万年筆で書かれている。

八年のあいだに褪色したブルーブラックのインクには、それでもまだおぼろげにインクの濃淡が現れていた。これがどこのメーカーのものなのか、宗方だったらわかるのではないだろうかと思ったけれど、とても彼に尋ねられる気がしない。

万年筆のインクに関わる質問だから答えてくれるかも知れないけれど、他愛ない話を振ったときの宗方の表情を思い出すと、チャレンジしてみる気にはなれない。

もしかしたら、嫌われているのかも知れない。

「いやいや、そこまでじゃないでしょ……」

ついロに出して呟くと、通りかかったウェイトレスが振り返った。怪訝《けげん》そうな顔に曖昧な笑みを返して頭を下げると、向こうもちらりと頬を緩めた。

そんなちいさなやり取りにさえほっとしてしまうくらい、宗方との関係は緊張感に満ちている。

嫌われているとまではいかなくても、呆れられているのかも。

こんなに勉強しているのは短大受験以来だ。万年筆について日々学んでいるはずなのに、驚くほどたくさんの知らないことが毎日出てくる。宗方はそのたびに教えてくれるのだけれど、教え方が淡々としていて実は少し怖い。

お守りのメッセージを取り出しているということは、自分はちょっと落ちこんでいるらしい。

葵はメッセージの送り主を知らなかった。顔も、性別も、年齢も知らない。

あの日、病院に併設されたカフェでひとり絶望して、束《つか》の間席を離れて、戻ってきたとき。テーブルの上にこの紙が置かれていた。

——辛いことがあったのだとお見受けします。

冒頭の一文が目に入るなり、すぐにあたりを見回した。

けれど、周りにいるのは葵とまったく関係ない人たちばかりで。葵の絶望にだってまったく関心がない人たちばかりで。

この中で、いったい誰が、自分に関係のないひとりの少女の絶望に気づいて、励まそうと思ったのか。ペンを取った、その衝動を考えると、抑えていた涙がぽろぽろこぼれて、止められなかった。

このメッセージがあれば、世界にひとりぼっちではないと信じられる気がして、信じられれば頑張れる気がした。だけど……。

ランチセットについてきたジェラートを頬張りながら、葵は頬杖《ほおづえ》をつく。

どうにも、うまくいかない。

高校、短大のころからなんとなく疑っていたけれど、どうも自分には仕事運がない。思うようにいかないのを運のせいにするのはいかがなものかと思うのだが、働き先がことごとく労働基準法違反のブラックだったり、人間関係がどろどろだったりするのには落ちこまざるを得ない。

今度こそ、自分の居場所はここだと定めて頑張りたかった。万年筆という未知の世界に足を踏み入れたことを後悔したくない。

それに、お守りのメッセージをくれた、顔も知らぬだれかも万年筆を使っていたのだ。同じように万年筆に出逢ったということだけでもなんとなく嬉《うれ》しいし、密《ひそ》かにこころが躍る理由がもう一つ。

紅葉坂萬年堂は万年筆愛好家のあいだではけっこう知られた店らしい。となれば、もしかしたらいつか巡り逢えるかも知れない。メッセージをくれた、そのひとに。万が一出逢えたとしても、顔もわからない。でも字を見れば、あるいはピンとくるかも知れない。

メッセージの字は整っていて、止め撥《は》ね払いが美しく、どことなく男性っぽい固さが感じられた。目を瞑《つぶ》っていても、自分はその字を思い浮かべることができる。

可能性はゼロに近い。わかっている。それでも、もしメッセージの送り主に出逢えたら、ありったけの感謝を伝えたい。あなたの言葉に、救われた人間がいたことを……今も救われている人間がいることを伝えたい。

このメッセージを送ってくれた人物に、恥じない生き方がしたい。

「よし、がんばろう」

お守りのメッセージを大事にしまって、葵は席を立った。

◇

「うわ……こんなにあるんだ……」

店へ戻った葵は、各メーカーが出しているインクの見本表を見て肩を落とした。

もしかしたら、あのメッセージを書いたインクが特定できるのではないかと思ったのだけれど、これは望み薄だ。

ブルーブラックはどこのメーカーもだいたい作っているようだし、色褪《いろあ》せてしまった今となっては、あのメッセージがブルーだかブルーブラックだったか記憶が定かではない。記憶の中では、少し黒みがかっていたような気がしたけれど……。

色見本から当たりがつけられないかという思惑は早々に挫折した。褪色していることも考慮に入れると、宗方でも突き止められないだろう。

インクのメーカーがわかれば、万年筆のメーカーもわかるかと思ったのだが……。

そもそも、インクと同じメーカーの万年筆を、その人が使っているかはわからない。原則、万年筆とインクは同じメーカーの使用が推奨されているけれど、異なるメーカーのものを使う人も多い。メーカーや色によってもインクの成分は違うから、一応相性というものがあるらしい。粘性の高さや、水との親和性だとか……。

と、そこまで聞いて呆然としていたら、宗方がハッとした様子で「まあ、このあたりはまだ知らなくていいことです」と気まずそうに口をつぐんだ。一緒にいたお客さんも「そこはほら、インク沼の領域だから」と笑っていた。

インク沼、恐ろしい。

「どうかしました？」

「あっ……いや、その……」

休憩に入ったとばかり思っていた宗方が、気づけばすぐ後ろに立っていた。心臓に悪いから無言で近づくのはやめてもらいたい。

休憩といっても、宗方が店を空けることはほとんどない。どこかで昼食を——ほとんどコンビニで調達しているようだが——買ってきて控え室で食べている。そのあいだは葵が一人で店頭に立つのだが、客の来訪を告げるベルが鳴ると宗方がすぐに出てきてくれるのだ。早く一人で対応できるようになりたいと思うものの、宗方がいてくれるとやっぱり安心する。

葵は振り向いて、インクの見本表を宗方に示した。

「インクって、こんなにたくさんあるんだなと。定番のブルーブラックって、メーカーによってけっこう色味が違うんですね。……あと、ちょっと疑問なんですが、なんで万年筆はブルーブラックが定番色なんでしょう。黒じゃなくて、濃紺？」

ボールペンなら、最初にセットされているのは黒なのに、万年筆は最初にサービスでついてくるインクは青やブルーブラックが多い。

「……綾瀬さん、古典インクというものはご存じですか？」

「え？　こてん？」

突然出てきた言葉が頭の中で漢字に変換されない。首を傾げる葵に、宗方が宙に指先で「古典」と書いてみせる。

棚から一つのインクボトルを抜き出して、宗方がテーブルに置いた。

「今では少なくなってしまいましたが、たとえばこれがそうですね。ダイアミンのレジストラーズインク。プラチナのブルーブラックもそうです。……ところで、レジストラーズとは翻訳すると『登録する』とかいう意味になるんです。どうしてだかわかりますか？」

「登録？　登録するインク、古典、古い、昔のインクで、登録する……う〜んなにかを登録……記録するときに使うインクだった……とか？」

まったく自信がない。見当違いなことを言ってやしないかと冷や汗をかきながら宗方を見ると、かすかに口元に笑みが浮かんでいてほっとする。

「だいたい正解です。古典インクは今の染料や顔料インクとは成分が違って、青の染料とタンニン酸を配合したものです。筆記直後は青の染料が強く出ますが、時間が経過すると青が褪色し、鉄の成分のみが紙面に残ります。そうすると、文字の色が黒ずむんです」

「なるほど。最初が青くて、だんだん黒くなるからブルーブラックなんですね？」

「そうです。……黒っぽい青色というわけでも、濃紺というわけでも、ブルーとブラックを混ぜたものでもないということです」

宗方がちらりと葵を見る。その視線に首をすくめて答えた。

「……そうだと思ってました」

早めに誤解が解けてよかったです、と言いながら、宗方は棚にインクを戻した。葵は手早く今の情報をメモする。

初出勤の日に用意したメモ帳はものすごい勢いで消費されていた。帰宅してから、勤務中にメモしたことをノートにまとめながら復習している。おかげで文字を書く機会はたくさんある。心なしかペン先も馴染んできた気がしていた。

「ブルーブラックが公用文書で使用可能というのは、そういう歴史があるからなんです。今では、綾瀬さんが使っている顔料インクも一般的になりましたが、昔は万年筆で使用するのが難しかったんですよ」

「固まりやすいからですか？」

「そうです。万年筆の内部で固まってしまったら、分解するしかないですからね。それで開発されたのがブルーブラックです。成分に酸が含まれているので、ステンレスや金メッキのペン先に使用するのはおすすめしません。メンテナンスを怠ると腐蝕《ふしょく》してしまいますから。使うなら金ペンですね。ご案内するときは気をつけてください」

「わかりました」

それをまたメモしていると、しばらくの沈黙のあと宗方が思い出したように「そういえば」と呟いた。

「僕も昔、自分で古典インクを作れないかと試したことがあるんですが」

「えっ、ご自分で調合したんですか？」

「失敗しましたけどね。化学には疎いもので。……凝固してしまって、実用に耐える代物じゃなかったです」

そう言って、かすかに、本当に少しだけ彼は笑う。瞬《まばた》きするあいだに消えてしまうような、そんな笑みだった。もう少し見ていたくて、葵はあわてて言葉を続けた。

「インク一つでも、ものすごい広い世界があるんですねえ」

「ブルーブラックの話しかしてないですけどね」

「う……」

「で、どうしたんですか？」

唐突な問いについていけず、葵は首を傾げたまま宗方を見つめ返す。数秒ののち、耐えかねたように宗方が目を逸らした。

「……なぜ急にインクが気になったんですか？　勉強してくれるのは嬉しいですが」

「ああ、それは……」

お守りのメッセージを出しかけた手が、ふと止まる。

このメッセージを見せて、インクについて問えば、これをもらったときの状況に話が及ぶかも知れない。でもきっと、宗方は葵のプライベートには興味がないし、深入りしたくないだろう。

それだけだったらいいけれど、もし、このメッセージに対してなにか否定的なことを言われたら……。自分はたぶん、耐えられない。

気づいたときにはメッセージをポケットの奥に隠していた。宗方の問うような視線に、ぎこちない笑みを浮かべる。

「べつになにかあったわけではないんですが……はやくいろいろ覚えないとと思って。まだ全然、役に立ってないですから」

つい俯《うつむ》いてしまった葵の頭上で、宗方がかすかに戸惑う気配がした。いや、と小さな声がして、その先の言葉を探しているような、そんな沈黙。

「綾瀬さんは……」

戸惑うように名を呼ばれた瞬間、客の来店を告げるベルが響く。

葵が見たのは、一瞬で接客モードに移行した宗方が「いらっしゃいませ」と微笑む横顔だった。

◇

その客が来店したとき、すでに宗方はべつの客の対応中だった。

しばらく様子を見てから声をかけよう。どうか自分にわかる範囲の対応で済みますように……と、情けないことを考えてしまったせいだろうか。

その客は葵がこころの準備をするより早く、店内をさっと見回しただけで「すみません」と声をかけてきた。

「はい！」

応える声がかすかに裏返る。ちらりとこちらを見た宗方に、「いってきます」という意志をこめて軽く頷いた。気分は初陣《ういじん》を迎えた武士である。もちろん、武士になったことはないけれど。

「プレゼント探してるんだけど。かわいい感じの、女の子が好きそうなやつで……どれが人気があるのかな」

年配の男性はそう言って、ガラスケースの中のペンを見回した。

「お求めなのは、万年筆ですか？」

「うーん、どうしようかな。万年筆って、いまどきの子が使うかな」

「いまどき……どうでしょう。使っている子は少ないかもしれませんが……」

「だよね。じゃあやっぱりボールペンにしようかな」

そう言って男がちらりと腕時計を見たので、つられて葵の気も急《せ》いてしまう。

「でも、万年筆は自分で最初の一本を買う機会が少ないので、贈られたら嬉しいと思います。実際に使ってみると、ほかの筆記具とは違う感動がありますし」

男はうーんと唸《うな》りながら並んだペンをじっと見つめる。

「でも、メンテナンスとか大変でしょ？　せっかくあげても、面倒くさがって使ってくれなかったらいやだしなあ」

どうも万年筆に乗り気ではなさそうだと考え、葵は「では」と方向転換する。ボールペンやシャープペンシルのなかで、比較的「かわいい」と思えるものを何本か紹介してみたが、男の反応はいまいち芳しくない。ボールペンを見ながら、話はいつの間にか万年筆に戻る。

「万年筆より、やっぱりボールペンのほうが楽だよねえ」

手に取ったボールペンを試し書きしながら、男は悩ましげに唸る。

「たしかに、メンテナンスの面ではそうだと思いますが……」

「そうだよねえ。うーん……」

それは事実だ。比べてしまえば、万年筆のほうが手間がかかるのは事実。でも、その手間が楽しくて、魅力なのだ。面倒と捉えるかどうかはひとそれぞれ……と考え、それをどう伝えようと言葉を詰まらせたところで、男が「あ」と声を上げた。

「慌ただしくてごめんね。そろそろ戻らないといけない時間だ。また来るよ」

「あっ、そうですか。またのご来店をお待ちしています。……すみません、満足なご案内ができず……」

「いやいや、じゃあね」

きっと会社のお昼休みに立ち寄ってくれたのだろう。短い時間だったとはいえ、あまりになにも説明できなかった事実に落ちこんだ。

もう少し、この短い時間をよいものにすることができたはずだった。少なくとも、宗方ならば可能だったろう。

葵は振り向けなかった。宗方がどんな顔をしているか、確かめるのが怖かった。

「なにが問題だったと思います？」

客を送り出した宗方が、無表情にそう問う。

情けなくなりながら、葵は自分の接客を思い出す。

「……なにも、お伝えできませんでした」

せっかくこの店に、紅葉坂萬年堂に来てくれたというのに。葵は新しい世界を何一つあのお客さんに見せることができなかった。

不甲斐《ふがい》なくて、顔が上げられない。視界の端で、宗方がかすかに肩を落としたのがわかる。次に聞こえた声には幾分やわらかさが含まれていた。

「まず、贈る相手の情報が少なすぎます。相手の年齢や、どういう目的のプレゼントなのか、好みや予想される使用用途など……すべては無理でも、もう少し突っ込んで尋ねるべきです。授業のノートを取るためなのか、契約書へのサイン用か、はたまた普段は文字を書かない人に使って欲しいのかでも、すすめるものは違ってきます」

「はい……」

そうだ。もっと質問するべきだった。結局、年下の女の子へのプレゼント、ということしかわかっていない。それが娘なのか、親戚なのか、それともまたべつの関係なのかという情報くらいは引き出せたはずだった。

「それから、『かわいい感じ』は具体的にどういうものを想定されているのか、お客様のイメージを探るべきです。きみが思う『かわいい』とお客様の『かわいい』が必ずしも一致するとはいえません」

「仰《おっしゃ》るとおりです」

葵が「かわいい」だろうと思って見繕ったペンに、あの客はあまりピンときていなさそうだった。きっと、思い描いていた方向性と違ったのだろう。

「でも、一番の問題点はそこではありません」

ぴしゃりと言われて肩がはねる。

「お客様の不安に同意するだけだったら、万年筆に無知な者でもできます」

決して、咎《とが》めるような声ではなかった。それにまた、情けなくなる。

「……はい」

「嘘をつけなんて言ってません。万年筆はたしかにメンテナンスが必要で、扱いにもいくつか注意が要ります。それも含めて、その先にある魅力を伝えるのがきみの仕事です。万年筆を贈りたがっているお客様の足を、きみが引っ張ってはいけません」

そうだ。と遅れて気づく。あのひとは万年筆を贈りたがっていた。

メンテナンスが大変だとか、面倒だとか言いながら、それでも万年筆へ目がいっていた。背中を押して欲しがっていた客に、どうして自分は応えることができなかったのだろう。

たぶん、ほんの少し前までの自分が、万年筆を面倒だと思っていた側の人間だったからだ。

きっと自分はまだ、万年筆の力を信じ切れていない。だから自信を持って、あの客の背中を押せなかったのだ。

知識以前の問題だ。恥ずかしくて顔を上げられない。

「すみませんでした……」

消え入りそうな声で謝った瞬間、じわりと視界が歪んだ。

必死に涙を堪える葵の向こう、宗方が小さくため息をつく気配がする。

「少し、奥で休んできたほうがよさそうですね」

「あの、すみません。大丈夫で——」

「休んできなさい。そんな顔で店に出られても困ります」

「……すみません」

深々と頭を下げて、控え室に向かう。

なにをやっているんだろう。

自分が魅せられた、万年筆を取り巻く世界。その世界を、ほかのだれかにも知って欲しいと思っていたはずなのに。いざとなったらなにも伝えられないなんて。

胸ポケットに挿した自分の万年筆にも、無言で責められているような気がした。

◇

あそこまで、言うつもりではなかった。

控え室へ向かう綾瀬葵の後ろ姿に、なにかひとこと慰めの言葉をかけようとしたが、あいにくそんな気の利いた語彙は宗方の中に存在しなかった。

それにしても、もう少し柔らかい物言いができないものか。

頭の中の言葉も、口に出した途端に冷たくなる。そんな自分に嫌気が差した。

これだから、人付き合いは苦手だ。

文章だったら、万年筆で書いた文章ならば、もっと柔らかく伝える自信があった。

言葉を頭の中で吟味できるし、きつい文面になっていたら書き直せば済む。

直接話すときは、そうはいかない。

きつく響く自分の言葉に自分で驚く。

「次はがんばってくださいね、くらい……言えたらどうなんだ」

吐き捨てるような独り言がこぼれた。

彼女にとったらこれがほぼ初めての万年筆の接客だったのだ。加えてあの客には時間がなかった。良くはないが、別段相手に不快感を与えたわけではない。「また来る」という言葉を引き出せただけでも上出来だ。

それをどうして、自分はあんな突き放すような言い方しかできないのか。十分に落ちこんでいた彼女に、わざわざ追い打ちをかけることなどないだろうに。

泣きそうだったな、と、俯いた綾瀬の姿を思い出してため息をついた。

戻ってきたら、「初めてだから仕方ないですよ」と笑いかけてみようか。

頭の中でシミュレーションしてみるが、自分がきっと言えないだろうというのもわかっていた。

こんな調子では、近いうち、彼女は辞めてしまうかも知れない。

その原因の一端は、確実に自分の口の下手さだ。

破滅的に、人付き合いが向いていないと思う。

万年筆をなくしたら、自分にはほかになにも残っていない。

◇

これまでの人生、なにか一つでも、これだけは自信を持って好きだと言えるものが果たしてあっただろうか、と最近よく考える。

考えて、そしていつも同じ答えに行き着く。何度考えてみても、残念ながら答えは「たぶん、ない」。情けないことに。

言い方を変えれば、それはこれまでの人生で、本気でなにかにのめり込んだことがないということ。

宗方志貴にとっての万年筆のようなものが、自分にはない。

漠然と、手に職をつけたくて、料理が好きだから栄養科を選んだ。たしかに料理は今でも好きだし、それなりに知識も技術も身につけたけれど、それを一生の仕事にするほどの思い入れはどうやらなかったようだ。そうしようと思えば、べつのところで調理の仕事をすることだって選択できたのに、自分は選ばなかった。

知識と技術を多少なりとも持っている道を捨てて、まったくべつの世界を選んだ。後悔はしていない。だからこそ、悔しかった。

選んだ世界を、自信を持って紹介できなかった自分が。

こんなことではあのメッセージの主にも呆れられてしまう。万年筆で書かれたあのメッセージに、いつだって救われてきたのは他ならぬ自分なのに。

ボールペンでも鉛筆でもなく、万年筆で書かれたあの文字には不思議と温かみがあって、書いたひとのこころの温度が読んでいる自分にも伝わってくる気がした。

「ああ、そっか……」

万年筆の良さなら、自分はもう十二分に知っている。

悔しくて落ちこんだのなら、次こそ挽回《ばんかい》しよう。葵に新しい世界を見せてくれた宗方のような接客ができるように、もっと万年筆のことを知ろう。

誰にでも……とまでは言わないけれど、少なくとも迷っているひとには、自信を持って勧められるように。

よし、と気合いを入れて両の頬を軽く叩《たた》く。切り替えが早いのが自分の強みだ。鏡で確認してみれば、涙の気配はもうどこにも残っていなかった。

自信がないのならば、自信がつくくらい万年筆を知ればいい。それだけの話。

チリンと控えめなベルの音が来客を告げる。

「いらっしゃいませ」

店頭へ出て落ち着いた声音でそう言えば、驚いたように宗方が振り返った。立ち直りが早すぎて、反省していないと思われたらどうしようかなと一瞬不安になる。

　葵はそっと、頭を下げた。

「精進します」

「…………………」

　客がいるから、簡潔に必要なことだけを伝える。頑張るので、よろしくお願いしますという気持ちをこめて宗方を見ると、彼は驚いた表情のまま固まっていた。

　やはり、立ち直りが早すぎただろうか。呆れられているんじゃないかと眉を寄せた葵の前で、宗方はふっと息を吐き出した。

　そのまま視線を逸らし、店内を見て回る客を確認してから小声で呟く。

「……すごいですね」

　クラシック音楽の音色に紛れそうになった声に、葵があわてて首を振る。

「あ、あの、ちゃんと反省はしてます」

「いや……」

　宗方の横顔に、一瞬たしかに笑みが浮かんだ。

　ほんとうにわずかだけれど、口の端が緩んだように見えた。

「次は……」

　宗方がなにか言いかけたとき、客の「すみません」という声がかかった。葵より早く反応した宗方がその声に応える。

通り抜けざま、聞き取れるか取れないかのぎりぎりの声で彼が言った。

「次は、きっと大丈夫です」

唐突な言葉にとっさに反応できなかった。振り返ったときにはすでに宗方は客と話を始めていた。

「……はい」

接客モード限定の爽やかな笑顔を見せる宗方に、小声で返事をする。

今ならなんだって頑張れる気がした。

◇

「いらっしゃいませ」

軽やかなベルの音に顔を上げると、珍しいことに大学生っぽい女の子が店内に入ってくるところだった。どうやら一人らしい。ギフト選びかな、と思いながら、葵は作業をしつつしばらく様子を見守ることにする。

宗方はつい先ほど用事で外へ出たばかりだった。三十分ほどで戻ると言っていたから、彼女の接客は葵が担当することになるだろう。

先日の失敗から、初めての接客だ。

一通りペンを見て回った女の子が顔を上げ、葵と目が合う。

「なにかお探しですか？」

「えーっと、ちょっと、万年筆を探していて」

「ご自分用ですか？　それとも贈りものでしょうか」

「自分用です。でも、今まで使ったことなくて……。けっこう面倒くさいですか？」

眉を寄せる彼女に、葵はにこやかに「そんなことないですよ」と首を振る。

葵もしばらく万年筆を使ってみて、想像していたより手間がかからないことに驚いていた。なんとなくの先入観で、万年筆といえばインクが漏れるとか、気むずかしい筆記具という印象があったのだ。

たしかにボールペンと違って定期的なお手入れが必要になるけれど、そのお手入れだって万年筆の醍醐味《だいごみ》だ。手をかけてあげれば、それだけ調子よく長く使える。

万年筆を洗うあのひととき。水に、ペン先を浸けた瞬間、ゆらりと解《ほど》けるように溶けていくインクを見つめていると、なんだかとても穏やかな気分になる。

そんな風に万年筆と一対一で向き合っている時間は、なんだか愛《いと》おしい。

それに、毎日欠かさずかなりの文字を書いているせいだろう、最初のころよりペン先が自分に馴染んできている。

こんな短期間で変わるなんて気のせいかと宗方に尋ねたら、期間ではなく筆記量だから、気のせいではないと返された。

「万年筆は、自分で育てていく筆記具でもあるので、最初の一本は見た目も、持ちやすさや書き味も、ご自分の好みに合ったものがいいと思いますよ」

メンテナンスについて説明したあと、葵はそう付け加える。自分の場合は一目惚れだったけれど、実際の筆記においてもこの万年筆に不満はない。

女の子は難しそうな顔で唸りながら、もう一度ガラスケースの中のペンたちをじっくり見ていく。

「これとか、素敵ですけど……お値段も素敵すぎる」

眉間にしわを寄せてデルタのドルチェビータを指さす彼女に、葵も内心「たしかに」と頷いた。鮮やかなオレンジ色の軸をしたペンは、ケースの中でもひときわ華やかで人目を惹《ひ》く。南イタリアの太陽に由来した色らしい。

「ご予算はどれくらいですか？」

「うっ……一万円くらいの万年筆って……ありますか？」

申し訳なさそうに言う彼女に、ご安心くださいと笑みを浮かべる。それは上を見ればキリがないが、意外にもその価格帯の万年筆は多い。どころか、最近では千円から万年筆が買えるのだから驚きだ。もちろん軸やペン先はお値段相応になるけれど、日本の万年筆はそのクラスでも質がいいと宗方が言うのだから間違いない。

黒一色よりも色味のある軸がいいという要望に従って、葵は記憶を総動員していくつか万年筆をピックアップする。

一万円ほどならば、日本の万年筆が優秀だ。宗方の説明を思い出しつつ、途中つっかかりながらも説明する。

万年筆のペン先には金とステンレスがあって、当然同じモデルならば金を使っているほうが値段が上がる。

国産万年筆は一万円でも金のペン先を備えたものが多い。

「ただ、金のペン先が優れているとは一概に言えないんです。ステンレスのペン先のほうが硬めで、金のほうが万年筆らしいしなりや柔らかさがありますが、ステンレスの硬さを好まれる方もいらっしゃいます」

「へー……」

「しならないので、普段使っているボールペンに近い感覚で筆記できるんです」

「ああ、なるほど」

いくつか出したペンのうち、はじめにステンレスのペン先の万年筆を渡してみる。

恐る恐るといった手つきが、最初に試し書きしたときの自分を思い起こさせて懐かしい気分になる。

はじめてのときは、どんなふうに持てばいいのかもわからなかった。

「おおっ」

なめらかに出てきたロイヤルブルーのインクに感嘆の声。

「すごいっ。するする書けますね。おお～」

「わたしも最初はびっくりしました。……ボールペンより気持ち力を抜いてやさしく、寝かせ気味にするとインクが気持ちよく出ますよ」

一通り試したあと、今度は金のペン先の万年筆を渡す。紙に当てた瞬間「あ」と呟いた彼女は、さっきより慣れた様子で文字を綴る。

「柔らかいっていう意味がわかった気がします」

「金ペンは、力を入れると逆に書きにくいんです。ペン先にも負担がかかりますし」

「本当に、紙に触れただけで書けますね」

それに、と言って彼女は細身の軸をじっと見つめる。

「きれいな色のペンですねえ」

「ええ。こちらはパイロットのグランセというモデルです。いまお出ししているブラック&レッドは、もう廃番になってしまって、当店だとこれが最後の一本です」

黒と赤のマーブル模様。すらりとしたクリップは金色で、全体的に大人っぽい上品なデザインだ。後継のカラーも爽やかでいいが、廃番なのが惜しい。

グランセを手のひらに載せてじっと見つめていた彼女が、ふと顔を歪めた。今にも泣き出しそうな雰囲気にびっくりして、葵は思わずティッシュを差し出す。

「……すみません。いきなり」

「いえ……どうされたんですか？　その、聞いてもよければ……」

目尻の涙をティッシュで押さえ、彼女はしばらく悩んでから「実は」と口を開く。

「付き合ってるひとが、仕事の関係で海外に行くことになって。……彼が、メールや電話よりも、手紙が欲しいっていうので」

文通なんて小学生のとき以来で……、と困ったように笑う彼女の目から、涙があふれる。葵はティッシュ箱ごと差し出した。彼女は「ありがとうございます」と小さく言って鼻をかむ。

「彼は研究職で、普段から自分でも万年筆を使っていて、あ、どこのものだか知らないんですけどね……。手紙は短くてもいい、葉書にひとことでもいいって。家に帰って、郵便受けにチラシや新聞以外のものが入ってるっていうのが嬉しいんだ、って。万年筆買おうかなって言ったら、ボールペンで構わないよって笑われたんですけど。どうせだから、わたしも万年筆で書いてみたいなって、思って」

恥ずかしそうに頬をかく彼女に、葵の口元がほころぶ。素敵なきっかけだ。もしこの先、万年筆にはまって二本目、三本目を買うことになっても、最初の一本は彼女にとってきっと忘れられない大切な一本になる。

そう考えると、葵の気持ちも引き締まった。

「文通なんて、素敵ですね。……遠距離はつらいですけども」

「とはいっても、ちゃんと続けられるか、始めるまえから不安なんですけどね」

「そういうことなら、万年筆はなおさらおすすめですよ。新しいペンって、それだけでわくわくして使いたくなるものですし。筆圧をあまりかけずに済むので、手も疲れにくいですし」

葵にしても、今のところ毎日欠かさず日記を付けられているのは、ひとえにこの万年筆で文字を書きたいと思うからだ。

考えるより先に、頭の中の言葉が文字になっていくような感覚だった。するすると滑らかに出てくるインクは、書こうと思うより早く文字を綴ってくれるよう。

それに、朱と乳白の美しい軸は、見ているだけで気分が華やいだ。今まではペンなんてとりあえず書ければいいと思っていたけれど、そのデザイン性がどれだけ気分に関わってくるか思い知らされている。

持っているだけで、ちょっと特別な気分になる。

なにか書きたいという気分にさせるペン。

葵の場合は「これ」だったけれど、と、胸ポケットからのぞくセルロイドのキンギョを見やる。ひとによってこころ惹かれるペンは違うだろう。彼女も、自分も、大げさにいえば生きてきた中身が違うのだから。

そう考えて、内心で首を振る。宗方だったら、大げさとは言わないに違いない。

あのひとなら、万年筆は人生そのもの、なんてことも平然と言ってのけるだろう。

「これ、いいですね」

さっきから、彼女はパイロットのグランセを試し続けている。どうやらデザインも気に入ってもらえたようだ。

「お気に入りの服や、新しく買った服を着ると、その日一日ちょっとわくわくするのと一緒だと思うんです。特別なペンは、使うひとをちょっと特別な気分にさせてくれます。……大切な相手に手紙を書く、そんなときには、なおさら」

自分で言いながら、なんだか温かい気持ちになる。遠距離恋愛なんて寂しいに決まっているけれど、だったらせめて、手紙を綴るあいだくらい、万年筆が彼女の気分をそっと持ち上げてくれればいい。それだけの力が、万年筆にはある。

今なら、自信を持ってそう言える。

そうであればいいという願いとともに。

彼女は葵の言葉に静かに微笑んだ。キャップをカチリとはめてみて、全体をじっくり見つめたあと「うん」と一度頷く。

「うん。わたし、これが気に入りました。これなら、たくさん手紙が書けそう」

「あっ、ありがとうございます」

差し出された一本の万年筆を両手で受け取りながら、今になってどきどきし始めた心臓を落ち着かせる。

すっかり穏やかな気分で話をしていたけれど、自分はいま接客中。万年筆を販売している真っ最中だった。カフェでのんびり、知り合いと万年筆トークをしているような気分から、接客モードに思考を切り替えようとする。

はじめての万年筆の販売である。まずなにをどうするんだっけ。保証書と、箱の準備と……いや、そのまえにこの万年筆を洗浄しないと……。

落ち着け自分、いつも宗方の接客を見ているし、何度もシミュレーションしたではないか。緊張する自分にそう言い聞かせていると、店内にチリンと鈴の音が響いた。

勢いよく顔を上げて、宗方志貴の姿を見た瞬間、安堵《あんど》で頬がゆるんだ。

葵の助けてオーラを察したらしい宗方が、「いらっしゃいませ」と言いながらすっとカウンターの中に入る。さりげなく、無言のまま必要なものを隣で用意してくれる宗方に感謝しつつ、葵は万年筆の洗浄にとりかかる。

なんとか会計までを終えて品物を渡すと、彼女は嬉しそうに受け取ってくれた。その笑顔で、葵も幸せな気持ちになる。

「今日は、ありがとうございました。いい買い物ができました」

「いえそんな、こちらこそ……ありがとうございます」

「えっと、お名前いいですか？」

「綾瀬といいます」

彼女は確かめるように「綾瀬さん」と口の中で繰り返してから、頬を緩めた。

「綾瀬さんでよかったです」

「えっ？」

「今日、わたしに万年筆をすすめてくれたのが、綾瀬さんでよかった」

突然の言葉に、とっさに反応できなかった。そんな葵の様子を見て取ったのか、横合いから宗方が助け船を出してくれる。

ショップカードを渡す宗方の声がどこか遠い。

じわりと、さっきの言葉が葵の中に浸透していった。

きっと、今日自分に出会わなくても、彼女は万年筆を手に入れていただろう。宗方だったら、もっとうまい接客をしていたはずだ。接客する人間が違えば、彼女が手にする万年筆もべつのものになっていたかも知れない。

でも、それでも。

——きみでよかった、と。

彼女はそう、言ってくれた。

「わたしも。わたしも……今日、お会いできてよかったです」

精一杯の感謝をこめて、そう告げると、彼女は「また来ます」と言って店を出る。

その姿が路地の向こうに消えるまで見送った。

「おつかれさまです」

しばらくたって、宗方がぽつりと呟いた。

葵は詰めていた息をふうっと吐き出す。吐き出して、勢いよく振り返った。

「宗方さん、わたし……！」

まだまだなのはわかっているけれど、初めて万年筆を自分の手で売ったのだ。そしてあの万年筆は、彼女の手に渡ってきっと幸せになると信じられる。

彼女の世界も、あの万年筆がほんのちょっと素敵なものに変えてくれる気がする。

素直にそう思えることが嬉しい。

宗方は作業していた手を止め、ちらりと葵に視線を向けた。

「よかったですね」

最初のころならば、怒っているのかと勘違いするほど無愛想な声だったけれど、いまはもうこれが宗方の普通なのだと知っている。だから、葵は笑顔のまま頷いた。

「はい！　宗方さんのおかげです。ありがとうございます！」

「僕はなにも……」

「宗方さんが信じている万年筆の力が、わたしにもわかってきました」

あの万年筆は、彼女が手紙を書くひとときをより特別なものにするだろう。小さな変化かも知れない。けれど、ひとは案外そんな小さな特別に支えられて生きている。

「きみでよかった」という言葉に、葵が救われているように。

代わりはいる。そこにいるのが自分じゃなくても、世界は変わらず回り続ける。

それでも、「きみでよかった」と、だれかに言ってもらいたい。だから毎日少しずつでも前進しようと努力するのだ。

ぐっと拳を握って、葵は試筆に使った万年筆を洗浄し始める。直後、横から伸びてきた宗方の手が袖口を引っ張り上げた。

「綾瀬さんの服にインクが付く理由が、いまわかった」

重々しく言いながら、葵の袖を無造作に一つ折り上げる。

「洗ったりインクを吸わせたりするとき、万年筆しか見てないでしょう」

「そ、そうかも知れません」

反対側も折り上げようとした宗方が、ハッと我に返って手を離した。そのまま静かに距離を取る。

「失礼しました。つい……」

ばつが悪そうに目を逸らす宗方に、思わず笑みがこぼれてしまった。

「わたしの服を守ってくださって、ありがとうございます」

「……いえ。…………あの、この流れで、渡すのもどうかと思いますが」

と、相変わらず少し距離を取りつつ（自分が猛獣になった気分だ）、宗方がずいっと青い箱を差し出してきた。

青と水色の箱の表面には、金文字でウォーターマンのロゴが入っている。

「……え？」

なにがなんだかわからずに、無言で箱を差し出す宗方の顔を見る。彼は明後日《あさって》の方向を向いていて、視線を合わせようとしなかった。

「あ、納品ですか？　すぐに検品しますね」

「いや……、そうじゃなくて」

「…………？」

「……検品は、済んでいるので」

「はい」

「……綾瀬さんに」

「なるほど。……んっ？」

驚きで裏返った声をなんとか喉の奥に押し込める。相変わらずあらぬ方を向いている宗方の耳が、心なしか赤い気がするのは気のせいだろうか。……気のせいということにしておこう。

差し出された箱を受け取って、そっと開く。

現れたのは真っ白な軸に銀のクリップのボールペン。たしか、ウォーターマンの、メトロポリタン。細身の、優美なフォルムのペンだ。

「まだ、ちゃんとしたボールペン持っていなかったでしょう。差し上げるので、使ってください。備品みたいなものです」

「きれいですねえ……。あ、でも大丈夫です。自分で買いますよ？　たしかに一本ボールペンが欲しいなと思っていたので……」

いま、葵の胸ポケットに入っているのは、間に合わせのボールペンだった。買う気はあったのだが、どれにしようか迷っていたのだ。

この店で、いつまでも適当なボールペンを使っているわけにはいかない。宗方が選んでくれたのなら間違いない。

財布を取りに行こうとした葵は次の瞬間立ち止まる。エプロンの裾を、宗方がつまんでいた。

「宗方さん？」

名前を呼ぶと、ぱっと手が離れる。

宗方は髪をくしゃりとかき上げた。

「支払いには、及びません。それは歓迎の意味と……」

「歓迎と？」

そこまで言うなら好意に甘えようか。だけど歓迎以外の意味とはなんだろう。

首を傾げる葵の視線を避けるように、宗方はふたたび作業を始める。乱暴にかき上げたせいで、髪は若干はねたまま。

「……履歴書を、見ましたから」

「えーと……はい？」

どこをどうしたらそういう話のつながりになるのか、さっぱりわからない。

接客のときはあんなに優雅に、一つ一つわかりやすく流暢《りゅうちょう》に話すというのに。万年筆のことに関しては、あんなに饒舌なのに。そこから離れるとどうしてこんなに口下手になってしまうのだろう。

最初は、ぶっきらぼうな物言いが叱責を受けているようで怖かったけれど、今の宗方を見ているとなんだか……ずっと年上の男性だというのに「かわいい」という失礼な感想がわきあがる。

「宗方さん？」

　葵が促さないと、このまま会話が途切れてしまいそうだ。そうはさせじ。

　ぴくりと手を止めた彼はたっぷり沈黙したのち、どこかふてくされたような小声で言った。その耳が真っ赤に染まっているのは見て見ぬ振りをしておいてあげよう。今のところは。

「……誕生日、でしょう」

「だれの？」

「あなたの」

「…………あっ」

　そうだ。葵はこの十月で二十一歳。ばたばたしていてすっかり忘れていた。

「つ、つまり……歓迎と誕生日のプレゼントなんですね！」

「…………まあ、そうですね」

　まさか、こんなふうに祝ってもらえるなんて思っていなかったから、こころの準備もなにもできていない。

　宗方に負けないくらい、葵の頬も赤くなる。

「あああの、ありがとうございます。すごく……すっごく、うれしいです」

「あ、そう。じゃあ、この調子で、がんばって」

そっけない口調の宗方を、もう怖いとは思わない。

「はい、がんばります！　よろしくお願いします」

頑張ろう。宗方に、「きみでよかった」と思ってもらえるように。

まだ見ぬ使い手を待っている万年筆たちのために。


チリンと軽やかにベルが鳴る。

宗方と葵が同時に顔を上げる。


「いらっしゃいませ」


入ってきた客は、このまえ葵が十分に説明できなかった男の人だった。ちらりと宗方を見やると「行ってきなさい」と目で促される。

ウォーターマンのボールペンを胸に挿す。それはまるで、出陣する武士が刀を佩《は》くかのようだ。

初陣は済ませた。今度は、ちゃんと説明できる。

この、すばらしく魅力的な万年筆の世界を。

二筆目　その想いをインクにのせて

澄んだ秋空の、穏やかな昼下がりだった。

通りに面したガラス張りのウィンドウからは清々《すがすが》しい光が差し込んでいる。店頭のペンに直射日光が当たっていないのを確認して、葵はふたたび視線を落とす。

両手で慎重に持ち上げたのは、艶やかな蒔絵《まきえ》が描かれた万年筆。

見た目の重厚感に反して意外にも軽い。繊細な筆致で描かれているのは赤い金魚だ。金色の波紋が渦を巻き、その下を三匹の金魚が悠々と泳いでいる。

「わたし、金魚に縁があるのかも……」

一目惚れした万年筆もキンギョという名前だった。

出勤して胸ポケットにこの万年筆を挿すときが、葵の気合いの入れ時だ。そして宗方にもらった白いボールペンをとなりに挿すと、気が引き締まる。

何気ない日常の一瞬だけれど、そうして特別なペンを身につける瞬間が楽しくて、自分もだいぶペン好き人間になってきたんじゃないかと思うのだった。

昼の休憩に出る宗方に任されたのは、この蒔絵の万年筆のディスプレイ変更だった。蒔絵は長く紫外線にさらされていると色が褪《あ》せてしまうらしい。直射日光は避けて置いてあるが、長時間明るい場所に置いておくとやはり変化してしまう。

それを聞いて、実用というよりは飾って楽しむ芸術品なのかと思ったけれど、その「変化」こそ蒔絵万年筆の醍醐味なのだと宗方は言った。

使い込めば艶《つや》が増すし、手にしっとりと馴染んでいくという。そこには「育てる」喜びがあるのです、と説明する宗方の目は輝いていた。

「はあ……それにしても綺麗だなあ」

こんな美しい万年筆、いったいどんなひとが使うのだろう。

持ち歩くのにはあまり向いてなさそうだ。木漏れ日の射《さ》した書斎の、大きい焦げ茶の木の机、原稿用紙の束の上にそっと置かれていたりしたら最高に違いない。

勝手な妄想だけれど。

チリンと軽やかな音が、葵の平和な妄想を中断させた。

扉を開けた男は背が高かった。大きな黒い鞄を肩から下ろしながら店に入ってきて、カウンターに葵の姿を見つけて目を見開く。

「いらっしゃ――」

「あっれー？　女の子がいる！」

男が固まったのは一瞬だった。驚きはすぐに人懐っこそうな笑顔に変わる。

葵は蒔絵の万年筆をペントレイに置くと、あわてて立ち上がった。

「あの、はじめまして。今月からここで働かせてもらっている、綾瀬と申します」

「しばらくぶりに来てみたら、こんなかわいい女の子に出迎えてもらえるとは！知ってたらもっと早く来たのにな。あー、これで少しはここも華やかになる」

「あのー……」

軽い。どうにも口調が軽い。「かわいい」と言われて嫌なわけではないが、あまりにもさらりと放たれたせいで反応に困る。

男はちらっと控え室に目をやってから、葵の前のカウンターに肘をついた。光に透けた前髪は稲穂色。そこからのぞく瞳も、わずかに明るい茶色をしている。

「綾瀬さん、志貴……店長は？」

「すみません。ちょっと外出中で、もうすぐ戻ってくるはずなんですが……」

「そっかそっか。じゃあまた夕方ごろに来るよ。俺、二階堂《にかいどう》っていいます。その名前出せばわかるから、また来るって伝えてもらえる？」

「わかりました」

頷く葵に、二階堂なる男はにっこり笑った。つられて葵の頬も緩む。

軽いというより、とんでもなく爽やかな男らしいと認識を改めた。軽やかさが様になっていて嫌味がない。

「それと、今日の上がりは何時？」

重そうな鞄を肩にかけ直しながら、二階堂が尋ねてくる。

「店長は閉店後にいろいろ作業があるので……」

いつもどれくらい残っていたっけと考え込む葵に、二階堂が「違う違う」と笑って手を振る。

「志貴じゃなくて、綾瀬さんの」

「え、わたしですか？」

前言撤回。やっぱり軽いかも知れない。

「そう。何時に上がる？　そのあと時間あったらご飯でもどう？」

「六時ですけど……えっと、その……」

「まあ、考えといて！」

じゃあね、と言って店を出た男は、ガラスウィンドウ越しに手を振って颯爽《さっそう》と去っていく。反射的にその手に振り返した。

本当ならお辞儀をするところだ、と気づいたのはすっかり姿が見えなくなってからだった。あまりに慣れた様子だったのでつい流されてしまったけれど、彼が何者なのかも、宗方とどういう関係なのかもわからなかった。

個人的な知り合いなのか、お客さんなのかも不明だ。「志貴」と、名前で呼んでいたから旧知の仲だと思うけれども。

それにしても二階堂という男、いったいなにを考えているのか。本気で葵を食事に誘っているのか。宗方も一緒という意味だろうか。いや、店長の退勤時間はどうでもいいということなら、やはり葵単独のお誘いだろう。

「ほ、本気……？」

名前を呼んでいたという事実を考慮に入れてもなお、本当に宗方の知り合いか疑ってしまう。あの無口で無愛想な宗方志貴が、いましがたの爽やかで饒舌な男と一緒にいるところを想像できなかった。

「いや、ひとは見た目じゃないし。あのひとも万年筆好きなのかも知れないし……」

それにしても、とんでもない大荷物だった。ただかさばっているのかと思ったが、担ぐ動作でかなりの重量だとわかった。中身はいったいなんだったのか。

「…………」

いくら考えてもわかるはずがない。葵は宗方のプライベートをなにも知らない。雑談を封じられているせいで、想像するとっかかりさえありはしないのだ。

戻ってきたら、一緒にご飯を食べても差し支えない相手か尋ねてみよう。

「二階堂」という名前だけ記憶に刻んで、葵はふたたび蒔絵の金魚と向き合う。

「ちょっとくらい……無駄話してくれたっていいのにね」

思わず金魚に話しかけてしまった自分に小さく笑って、葵は万年筆を慎重に磨き始める。

宗方が帰ってきたのは、それから十分もしないうちだった。


「ああ、あいつか」

葵から「二階堂」という名を聞いた瞬間、宗方が呟いた。それがいつもの宗方の口調とは違ったので、思わずまじまじと見つめてしまう。

元から深みのあるいい声だと思っていたけれど、ふとこぼれた呟きは普段にも増して低い。

これが彼の、取り繕っていない声なのだろう。

「ご友人ですか？」

友人、と言った瞬間、宗方の眉間にしわが寄った。

「……腐れ縁です。綾瀬さん、あいつになにか言われなかった？」

「なにかというと？」

二階堂の台詞《せりふ》を真面目に辿《たど》って後悔した。気持ちはこもっていないと思うが、「かわいい」と言われたことを思い出したら頬がちょっと赤くなる。

我ながら単純すぎる。情けない。だが、身内以外の男性にそんなことを言われたのは初めてだったので、大目に見てもらいたい。

それに、どちらかというと……いや、正直に言って二階堂はかなりかっこいいタイプの人だったのだ。あんな男性に「かわいい」と言われて少しも嬉しくないほどひねくれてはいない。

誤魔化すように引きつった笑いを浮かべた葵を一瞥《いちべつ》し、宗方は顔をしかめる。

「なにかふざけた軽口を言われたとしても気にしないでください。無視していいです。ああいうやつなので、今度会っても相手をしなくて結構ですよ」

「えーと、今夜食事に誘われたのですが……」

遠慮がちに告げると、宗方の手元でバキッという音がした。

ぎょっとなって視線を落とすと、彼の手の中で販促用のポップスタンドが潰れていた。さっきこれは使わないと言っていたから、割れても支障はないけれど。

「宗方さん？　手、怪我しませんでしたか？」

ゆっくり拳を開き、手の中で無惨に割れたポップスタンドをじっと見つめながら、宗方が苦々しく呟いた。

「あいつは本当に……」

普段の彼からは想像できない、感情のこもった低い声。

こもっているのが負の感情でなければ、喜ばしいところなのだけれど。

「あの……宗方さん？」

恐る恐る呼びかけると、作りものめいた笑みが返ってきた。仏頂面にはだいぶ慣れてきたけれど、この笑顔はなんだか怖い。

「ああ、すみません。食事でしたっけ？　行く必要ないですよ。あの馬鹿がどうもご迷惑をおかけしました。無視して大丈夫ですから」

「無視って……」

「僕から言っておきます。綾瀬さんが付き合ってやる必要は一切ないですから」

「はあ……」

有無を言わさぬ調子に、それ以上なにも問えなくなる。

腐れ縁というくらいだからプライベートな付き合いがあるのだろうが、どうも一筋縄ではいかない関係らしい。

それとも、喧嘩《けんか》するほど仲がいいというやつだろうか。怖いから言えないけれど。

割れてしまった（正確には割った）ポップスタンドをゴミ箱へ捨てて、宗方が長々と息を吐いた。

「万年筆に限らず、ペン自体にまったく興味がない男なんですが、うちのホームページを管理しているので、今後も顔を合わすことがあるかと思います。あの通りの調子なので、いちいち真剣に付き合わなくていいですよ」

「あ、もしかして、ホームページの写真を撮っているのも二階堂さんですか？」

紅葉坂萬年堂のホームページは、センスが良い。特に商品の写真は背景も含めて綺麗なのはもちろん、物語性もあって魅力的だ。

勉強もかねて過去のブログを辿っているのだが、写真を見るたび欲しいものが増えてしまって困っている。

「そうです。本業はカメラマンで、普段は雑誌とかの仕事をしてるらしいですね。僕はホームページなんか要らないと言っているんですが、なかば無理矢理作られたんですよ。SNSのアカウントも……。いったいなにを考えているのか」

「なるほど……」

二階堂はカメラマン。ということは、あの大荷物の中身はカメラ機材だったのかも知れない。そこでふと、さきほどの宗方の台詞がひっかかった。

「二階堂さん、ペンにはまったく興味がないのに、わざわざ新商品が出るたびに写真を撮ってくれて、ホームページまで作ってくれてるんですか？」

「変なやつでしょう？」

宗方の物言いには容赦がない。

「少しは興味があるんじゃ……」

でなかったら、単純にとても親切なのでは。だが宗方は首を振る。

「僕が渡したドルチェビータのボールペンも、一度も使わないようなやつですよ」

どこか拗《す》ねるような宗方の口調につい口元が緩んでしまった。「渡した」と言っているけれど、おそらく「贈った」のだろう。

宗方がペンを贈ったということは、きっと大事な相手なのだ。それだけで二階堂のことが好きになる。

宗方志貴は決して、大切にしているペンをどうでもいい相手に贈ったりしない。憎まれ口を叩いているが、それくらい仲がいいということに違いない。

大変失礼な話だが、宗方にそんな相手がいるというのが驚きで、同時に嬉しかった。緩みそうになる頬を必死に固定していると、宗方にじろりと睨《にら》まれる。

「それより」

「は、はいっ」

「蒔絵はいかがでしたか？」

ショーケースから引き下げた万年筆を差し出すと、白い手袋をはめた宗方の手がそれを受け取った。

「きれいでしょう」

夢見るようにそう言う宗方に、さきほどまでの剣呑《けんのん》さはない。万年筆の話になった途端に、二階堂という男のことはきれいに忘れてしまったようだ。その一貫した姿勢に感心してしまう。

伏せた瞳にかかる睫毛から視線を逸らして、宗方の手の中の万年筆を見つめた。

絵画のような、蒔絵の金魚たち。

「間近で見てみたら、一筆一筆が細かくて。……樹脂の色合いとは全然違いますね」

「蒔絵はね、塗り立てのころは暗い色をしていますが、空気や紫外線に触れることでしだいに鮮やかさを増すんです」

「……どうしてですか？」

外気にさらされて劣化する、というのならわかるけれど、その逆はぴんとこない。

「漆の成分の一つにウルシオールというものがあるんですが、これが褐色をしているんです。そのウルシオールが、空気や紫外線に触れることで透明に変わっていくんですよ。紫外線に過度にさらし続けるのは良くないんですけどね」

「化学変化、ですか……」

万年筆の仕組みをきいたときも思ったが、この小さなペン一つにいろいろな技術が使われている。そのことに、改めて感心してしまう。

「時が経過すると漆は硬化する性質があるので、蒔絵の表面は丈夫になります。昔はエボナイトという素材で万年筆の軸を作っていたんですが、エボナイトは耐久性や耐酸性には優れている代わりに、時間経過で変色したり、艶が落ちたりするという欠点があったんです。エボナイトはエボナイトで独特の質感があって、今も万年筆好きに人気がありますが……。まあ、そんなわけで、漆を塗って丈夫かつ、鮮やかな軸を作る手法が編み出されたんですよ」

「なるほど。きれいなだけじゃないんですね」

丈夫さと芸術性を兼ね備えているなんて、なんという一挙両得。手が出る価格ではないけれども。

「万年筆は鑑賞品ではなく道具ですから」

だから、実用に耐えるものでないと意味がない。

宗方の思想は一貫している。万年筆は文字を書くための道具であって、道具はきちんと使われるべきだという彼の考えが好きだ。

「さて、綾瀬さん。万年筆の軸に漆を使い始めたのは並木製作所が初めなんですが、こちらはどの会社の前身に当たるかご存じですか？」

「えっ、……えっと……」

宗方からこの蒔絵の万年筆を渡されたとき、彼がこれを「ナミキ」と言っていたことを思い出した。てっきりナミキという会社があるのかと思っていたが、違うのか。

日本の会社だろうことを踏まえると、選択肢はかなり絞られる。というより、葵が知っている会社があまりない。大きなところだったら三社だ。その三社の資料は読んだはずだけど……と、記憶を引っかき回した結果、答えに行き着く。

「あ、パイロット……ですか？」

「そうです」

宗方の頬に浮かんだ微笑にほっと胸をなで下ろした。こうやって時々際どいクイズを挟んでくるから気が抜けない。

「たしか、創始者の方が並木さんといいましたよね」

「並木良輔氏ですね。会社の規模が大きくなって、パイロットという名前に変わったんですよ。ナミキはパイロットの製品ですが、ほかのラインナップとは一線を画すシリーズです。このシリーズの万年筆は部品も含めて、すべて自社で生産しています」

「蒔絵万年筆はぜんぶナミキということですか？」

「蒔絵師の手作業で作られているものはそうですね。機械で絵付けしてるものは違いますよ。蒔絵はセーラー、プラチナ、それに外国メーカーも出してます。日本の伝統的技術が、こういう身近な道具に活《い》かされているというのは素晴らしいことです」

「素敵ですけど……とても手が出せる価格じゃ……」

たしかに素晴らしい。素晴らしいけれど、お値段はあまり身近ではない。

ショーケースから取り出すあいだもひやひやしてしかたなかったのだ。細心の注意を払っていたけれど、もし落としたら……なんていう嫌な想像が頭を離れなかった。宗方はあくまで道具だと主張するが、自分ならば、例えばこの蒔絵の万年筆は怖くてなかなか使えないだろう。

「でも、たしかにいいですねえ……」

手触りも樹脂や金属、愛用のセルロイドとは違う。直《じか》に触れてみると心なしか手に吸いついてくるような、しっとりとした感触なのだ。

少し沈んだ色合いの金魚が、使っているうちに鮮やかさを増していくというのは、たしかに見てみたい気がする……。

いやいや、なにを本気で悩んでいるのか、と、万年筆を店頭へ戻そうとした時。

「もっと手頃な蒔絵万年筆もありますよ」絶妙なタイミングで宗方が口を挟んだ。

「…………」

「綾瀬さんのご贔屓《ひいき》のプラチナさんから出てます」

「いやいやいや……ご贔屓ってそんな。わたし、このキンギョ一本でしばらくやっていきますから」

この言葉に嘘はない。でも、勉強もかねてそのお手頃価格の蒔絵万年筆を見せてくださいと言うと、宗方は人の悪そうな笑みを浮かべて紹介してくれた。

出されたのがまた手が届きそうな価格のもので困ってしまう。いや、買わない。買うつもりはないけれど。

「あ、金魚柄もあるんですね」

赤い金魚の泳ぐ軸を見つけて思わず声を上げると、宗方が横から覗きこんで「ああ」と頷いた。

「それは蒔絵とはまた違う技法が使われてます。金沢箔《はく》ですね。金沢の伝統工芸の一つですよ」

「かなざわはく……」

「金沢は箔づくりに適した土地なんです。高い湿度に、良質な水がありますから。この万年筆は樹脂のボディに、金沢箔で装飾を施しています。箔というと金箔や銀箔を想像しがちですが、この金魚の赤も箔なんですよ。色箔ですね。金沢箔は一万分の一ミリという……直接手で扱うこともできないほど薄いんです。光を通すほど薄いので、光の幕とも呼ばれてます」

「そんなに薄いんじゃ、風で飛ばされちゃいそうですね」

「飛ばされますよ」

「えっ……」

「だから、それくらい薄いんです」

宗方はそう言って、べつの一本を持ち上げる。

「こちらは同じ美巧というシリーズですが、使われている技法は違います。これは平蒔絵で、さっき触ってもらったナミキの金魚は肉合研出高蒔絵《ししあいとぎだし》」

「ちょ、ちょぉっと待ってください！　ししあい……なんですって？」

頭の中の整理も、メモを取る手もまったく追いつかない。

だが、宗方は「そんな難しい話ではありません」と先を続けてしまう。この男、話したいだけなのではと少々疑ってしまう。

仕方ない。あとでカタログを参照しようと諦めて、とりあえずキーワードだけ書き留めておく。

「漆器の表面に漆で絵を描いて、それが乾く前に金や銀の粉を蒔《ま》いて定着させるのが平蒔絵。粉を蒔いて絵を描くから蒔絵というんです。この蒔き方の微妙なさじ加減で遠近感を描き出すんですよ」

万年筆という小さな、しかも筒状になっているものに、いったいどんなふうに粉を「蒔く」というのだろう。金魚のお腹《なか》と尾ひれでは、たしかに「蒔き方」が違う。

蒔絵を見たことは今までもあるけれど、こんなにじっくり細部まで眺めたことはなかった。これも人の手が一つ一つ描き出しているのだと思うと不思議な感じだ。たしかに道具だけれど、ここまで来れば芸術品でもある。

「粉が定着したら、文様の上から漆を塗って完成か、さらに磨くかでまた仕上がりが違います。最初のは文様の部分だけが盛り上がる平蒔絵、後者のは全体が平らになる研出蒔絵。塗った漆が乾燥したあと、さらに粉を蒔いて高く盛り上げるのが高蒔絵」

どこか歌うような調子でそう言って、「ほら」と幾本かの万年筆を差し出す。こういうときの宗方は本当に楽しそうだ。瞳もきらきらしていて、子どものよう。

にこにこして聞いていたら、宗方が気づいて言葉を途切れさせた。

「……すみません。話しすぎました。ここまでは、さすがに、覚えなくていいです」

「えっ、覚えられるかは怪しいですが、聞きたいです。続き」

身を乗り出すと、その分だけ宗方がのけ反った。あわてて椅子に座り直す。

宗方は不可解そうに片眉を持ち上げた。

「つまらなくないですか」

「楽しいですけど」

「退屈では？」

「全然」

「……綾瀬さんは、変わってます」

宗方さんに言われたくないです、と反射で言い返すところだった。堪えた自分は偉いと思う。

宗方はしばし迷った末に、話を続けてくれた。

「高蒔絵で、粉を盛り上げる方法はいくつかありますし、使う粉の種類によっても違いがあります。盛り上げたあとにもう一段階仕上げの工程があるので、かなりの時間と手間がかかるんですよ」

差し出された万年筆はそれぞれ違う技法を使っていて、触るとたしかに表面の盛り上がり具合が異なる。ナミキの金魚は、なめらかな曲線を描いて絵の部分が盛り上がっていた。

「えーと、ナミキの金魚は……高蒔絵の前になにか難しい言葉がついてましたよね」

「肉合研出高蒔絵」

「そうそう。ししあいとぎだし……」

早口の呪文だ。音はわかっても漢字に変換できない。

「高蒔絵と、研出蒔絵を併せた技法ですね」

「せっかく高く盛ったのに、研いじゃうんですか？」

「ええ。研ぐことで下の金粉を表面に出すんですが、この研ぎ方一つで輝きや色合いが変わるんですよ。高蒔絵を研ぐ場合は、平蒔絵を研ぐのとはわけが違います。粉で描いた文様部分と、背景の漆では高低差がありますからね、それを研ぎ出すためには最も高度な技術が必要になってきます」

「……その最も高度な技術が使われているのが、この金魚……」

「そういうわけです」

技法の話をきくと、この万年筆の見方がまた変わってくる。触って比べてみると、たしかに軸の表面は平蒔絵や高蒔絵とは違うのがわかった。

頭はパンク寸前だったが、けっこう把握できた気がする。これでお客様に説明できる……と思ったのも束の間。宗方が並べた万年筆を片づけながらあっさり告げた。

「まあ、ごくごく一部、ざっくりとした説明ですけどね」

「べ、勉強します……」

これでざっくりなのか。いったい宗方の頭の中はどうなっているのだろう。軸の素材やその技法まで網羅しようとしたら葵の頭では追いつかない。万年筆の世界は広くて、そしてまだまだ底が見えない。

宗方志貴には見えているのだろうか。

店頭に戻されるナミキの金魚はともかくとして、プラチナの金沢箔の金魚ならば手が出てしまう価格だ。という思考回路は危険だ。

「金沢箔の話もしましょうか？」

「いえ。今日はもう蒔絵だけで頭がいっぱいです」

これ以上情報を取り込んだら、さっき聞いた蒔絵の話を端から忘れていきそうだった。とにかく今日は帰って蒔絵の復習だ。

金沢箔についてはまた後日聞かせてください、と挑むように言うと、宗方がかすかに笑った。

「綾瀬さんは金魚好きですか」

「いや、そういうわけじゃ……」

べつに金魚好きというわけではなかったはずなのだが、なんだか最近金魚づいている。しばらくは新しい万年筆なんて要らないはずだったのに、じっと見ているとそわそわしてしまう。

ちょうど、手帳用に細い字幅の万年筆があるといいのにな、と考えていたことを思い出してしまった。葵は勢いよく頭を振って、その欲望を追い出す。

「わりとお手頃でしょう」

耳元で、深みのある良い声がからかうように言う。

葵は一歩後ずさって、すでにしれっとした顔で作業に戻っている宗方を睨んだ。

「わたしに接客しないでください よ！」

「よかれと思っておすすめしただけです」

一瞬揺れた物欲をあわてててねじ伏せる。

「僕じゃなくて、万年筆が呼んでいるんですよ」

「そうやって万年筆のせいにする」

「でも、耳を澄ますと聞こえるでしょう？」

「聞きません！　聞こえません！」

悪魔だ。悪魔の甘いささやきだ。耳を貸しすぎるとたちまち破産してしまう。

宗方は耳を塞ぐ葵を見て、くすくす笑っている。

本当に、万年筆のこととなると饒舌なひとだ。

その調子でいろいろ話してくれたらいいのに。

◇

夕方、宣言どおり二階堂が来店した。

「綾瀬さん、お昼ぶりー！」

「お昼ぶりです。店長いますよ」

宗方の友人ということで、最初に会ったときよりだいぶ印象がいい。我ながら現金だけど、あの宗方に「腐れ縁」と言わせるひとなら、悪いひとではない。

二階堂は昼間と同じ大荷物を抱えていた。葵ににこりと笑顔を向けてから、控え室から出てきた宗方に手を上げてみせる。

「よっ、志貴」

「初対面のお嬢さんを、いきなり食事に誘うのはどうなんだ」

開口一番、宗方が険のある表情で言う。

その冷淡な態度に怯《ひる》むことなく、むしろ慣れた様子で二階堂が笑い飛ばした。

「いきなりそれか。なんだよ、おまえも誘われたかったのか？　仲間はずれにして悪かったよ、拗ねるな」

「ち、が、う」

「まあそれは置いておいて」

「置くな、拾え」

ぞんざいな言葉遣いの宗方が新鮮だった。こんな顔もするのかというほど不機嫌そうな顔だけれど、ちっとも本気で怒っている気がしない。憎まれ口でじゃれあっているような感じだ。と言ったら、彼は怒るだろうけれど。

眉を寄せている宗方を笑顔で受け流して、二階堂は勝手知ったる様子で控え室に荷物を置きにいく。

「そういえば志貴、おまえ定期的にブログとＳＮＳ更新しろよ」

戻ってきた二階堂から、宗方が無言で視線を逸らした。あらぬ方へ向いたその視線を追って、二階堂が宗方の正面に回り込む。

「このまえの更新、いつだったか覚えてるか？」

「……だから、ブログなんて僕には向いてないんだって」

「このご時世、ネット活動をさぼってると生き残れないぞ」

ここに来てからというもの、キーボードに触れる宗方を見たことはない。

一応、葵が出勤したときにパソコンの電源は入れているのだけれど、メールはおろか、ネット検索でさえも使用している形跡がない。

わからないことを検索するのは葵だけで、宗方の場合彼自身が万年筆のデータバンクのようなものだ。今のところ彼が「わからない」という事態に陥っているのは見たことがない。

彼にも「はじめて」の時代があったはずだが、その様子が想像できなかった。なんだかはじめから、万年筆博士として生まれてきたような気がする。

二階堂の追及をかわしていた宗方が、ついに開き直った顔をして、捻挫している手を目の前に掲げて見せた。

「いま僕はこのとおり利き手を捻挫してる。キーボードを打つくらいなら、僕は文字を書きたい」

「……書いたやつをスキャンしてもいいけど？」

「そういうのは好みじゃない」

「おまえの好みを優先してたら一件も投稿できないんだよ！」

そそくさとべつの作業に逃げようとしている宗方に肩をすくめて、二階堂が振り返った。二人のやり取りを微笑ましく見守っていた葵とばっちり目が合った瞬間、二階堂の頬に意味ありげな笑みが浮かぶ。その笑顔に、なにか不穏な気配を感じとった。

葵は反射的に一歩後ずさる。

「綾瀬さん、ブログとかSNSとか好き？」

「え、いや……したことないです」

「パソコンの電源の入れ方と落とし方わかる？」

「さすがにそれはわかりますけど……」

「キーボード両手で打てる？」

「一応……」

「じゃあネット関連は綾瀬さん担当ということで」

「えっ」

「アカウントとパスワードなんだっけかな」

二階堂がさっそくタブレットを取り出して調べ始める。助けを求めて宗方を見やるが、彼はどうやら面倒なネット活動を葵に引き継げるなら大歓迎らしかった。

二階堂の追撃から逃れられる気配を察知して、そのために葵を差し出そうとしているのが見え見えだ。

助かりました、と先手を打って頭を下げられては、断る術も理由も葵にはない。宗方の役に立てるなら本望だ。が、まさかこんな展開になるとは。自分のアカウントも持っていないというのに。

「あの……ブログってなにを書けば……」

「俺が教えるよ。志貴はそのへん役立たずだから。……あ、これだこれだ」

カウンターの試筆紙にさっそくアカウントとパスワードをメモする。

二階堂の手にあるのはラミーのサファリという黄色いボールペンだった。この店には置いていないけれど、よく文房具屋で見かけるペンだ。

比較的お手頃な値段で、ドイツらしいシンプルなデザインのボールペン。

贈ったペンを使ってくれないと言っていた宗方の言葉を思い出し、ちらりと隣に視線を向けると、無表情で二階堂の手元を見ている彼がいた。葵の視線に気づくと、かすかに肩をすくめてみせる。ほらね、という無言の台詞付きで。

「ね、綾瀬さんって下の名前なんて言うの？」

「葵です」

アカウントとパスワードが書かれたメモを受け取りながら答える。

「そういうことで葵ちゃん、いろいろ説明するからやっぱりご飯行こう」

「おい、二階堂」

「もちろんご馳走《ちそう》するよ」

「二階堂、仕事を盾にして綾瀬さんを誘うな」

「じゃあ個人的にお話ししたいからご飯行こう」

「個人的な理由で綾瀬さんを誘うな」

「じゃあなんだったら誘っていいんだよ！」

「誘うな、って言ってるんだよ！」

はじめて聞く宗方の大声に感動しながら、葵は「はい！」と挙手をした。二人の視線を一身に浴びながら言う。

「懇親会！　懇親会ということで！　仕事仲間として」

初対面に近い男の人と二人でご飯を食べに行くのは初めてだったけれど、相手が宗方の友人だというのなら大丈夫。安心できる。

すでに葵の中から二階堂への警戒心はきれいさっぱり消えている。

ふと気づくと、宗方がこれでもかというほど眉間にしわを寄せていて、思わず吹き出しそうになった。

「綾瀬さん」

「はい」

「……いや、なんでもないです」

「行かないほうがいいですか？」

宗方が本当に嫌がっているのならやめようかと思ったのだけれど、しばしの沈黙ののち彼は渋々といった様子で首を振った。

「いや、……とりあえず、きみがお金を出す必要はないので、せいぜい高いものでもご馳走してもらうといいですよ。あと彼の話はまともに聞かないように。その場のノリと勢いが会話の九割を占めているような男です。面倒くさくなったら適当に受け流してさっさと帰宅していいですし、面倒くさくなくても食べるだけ食べたらさっさと帰宅していいです」

万年筆以外のことをこんなに喋っている宗方ははじめてだ。

さすが友人。二階堂のおかげで宗方の新しい一面を見ることができた。と、そんなことを考えていたら、「わかりましたか」と念を押された。

「はい。楽しくおしゃべりして、遅くならないうちに帰宅します」

「…………まあ、いいでしょう」

「なーんかさあ、はじめてディナーに行く娘を送り出す父親、っていう図を見せられてるみたいで、誘っているほうは気まずいんですけど」

「気まずいなら誘うな」

二階堂が口を尖《とが》らせると、間髪容れず宗方が応じた。

宗方志貴は冷静なようでいて意外と感情が表に出やすい。もちろん、接客のとき以外の話だが。

「さて、話も決まったことだし。葵ちゃんの退勤時間まで、俺はブログ用の商品写真でも撮るか」

そう言って、二階堂は黒い鞄からカメラを取り出す。

不機嫌そうな宗方をちらりと見て、楽しそうに笑ったのを葵は見逃さなかった。

◇

二階堂が連れてきてくれたのは、半地下に店を構えたイタリアンのお店だった。こぢんまりとした店内は暖色系統で統一されていて、温かみがある。

店の奥にある石窯ではピザが焼かれているのだろう。チーズと、生地の焼ける香りが食欲を刺激してくる。

あんまりお洒落《しやれ》なお店だったらどうしようかと案じていたが、穏やかな雰囲気の店で安心した。賑《にぎ》わっているが、声を張り上げなくても相手の声が聞こえるくらいの、ちょうど良い空間。

「葵ちゃんワイン飲める？　カクテルもあるけど。……あれ？　成人してるよね」

「してます。ワインも飲みますよ」

強くはないですけど、と付け足す葵に「了解」と頷いて、二階堂はメニューを選ぶ。葵の好みをさりげなく聞き出しながら手早く注文するところを見るに、誰かを誘って食事に行くのに慣れている。

席についてしばらく経つころには、緊張はすっかりほぐれていた。宗方がなにをあんなに苦々しそうにしていたのかわからない。二階堂は気さくで話しやすく、それでいて押しつけがましくない。

「葵ちゃん、あんな万年筆バカと一日一緒にいて疲れない？」

葵の空いたグラスにワインを注ぎながら、二階堂が笑う。

万年筆バカ……。否定はできないが、あの宗方をそんなふうに言えるのがすごい。

「楽しいですよ。宗方さんといると、自分が全然知らなかった世界が見えて……ああ、こういう世界を愛してるひともいるんだなあって」

今まで知らなかった世界は葵の目に鮮やかに、そしてどこかノスタルジックに映る。いまどき手書きの文章なんて時代遅れという人もいるけれど、だからといって手書きの魅力は損なわれない。手紙をもらったら嬉しいし、書き残すのも楽しい。

メールと違って形に残る文字は、あとから見返すとインクの濃淡や字の大きさから、書いたときの感情まで匂わせる。

万年筆で日記をつけるようになってから特に実感する。

手書きの文字は、その日の自分の気持ちを思い出させる。

「志貴の場合、ちょっといきすぎてるけどね。あいつ、万年筆の話しかしないだろ」

「ま、まあ……」

一緒に働きはじめてもうすぐ一ヶ月が経つけれど、葵は宗方がどこに住んでいるのかも知らないのだった。そもそも仕事以外の話をする機会がまったくない。仕事中は万年筆の話しかしないし、昼休みは交代で取るから顔を合わせることはない。機会があってもなくても、変わらない気もするが。

自分たちは仕事仲間。上司と部下。ビジネスライクに付き合うことは、なんら問題ではない。

宗方がプライベートに踏み込まれるのを極端に嫌がるのがわかっているから、葵も万年筆以外のことを尋ねたりしなかった。それで、一応満足していたのだ。

二階堂が現れるまでは。

「あの……宗方さんと二階堂さんはいつからお友だちなんですか？」

「高校からだよ。俺のいた学校に、志貴が転入してきたの。親父《おやじ》さんの仕事の都合だったかなあ。あいつ、当時から変わっててさ。万年筆でノート取ってたよ」

「高校生で万年筆！　渋くていいですねえ。宗方さんらしい。お二人はそのころから仲がよかったんですか？」

「ううん。俺、最初のころ志貴のこと嫌いだったし」

いっそ清々しいまでの笑顔で告げられた「嫌い」に啞然《あぜん》としていると、一拍おいて二階堂が肩を揺らして笑いはじめた。

「もうっ、嘘ですか？」

「いや、ほんと」

でも葵ちゃんの顔がおかしかったから、と失礼なことを言ってまた笑う。

笑うと少し幼く見えて、彼と同い年であろう宗方は、想像していたより若いかも知れないと思った。

「実は俺もその少し前に転入したばかりでね、友だちはできないわ田舎の生活にも馴染めないわで苛々してたんだけどさ。同じ東京から越してきたやつなら馬が合うかなって思って、話しかけるじゃん。東京と比べてこっちは不便だよなーとか、買い物できる場所教えてやろうかー、とか」

「それで……？」

なんとなく、先の展開が予想できる気がする。今と昔で、宗方がさほど変わっていないのだとすれば。

　先を促す葵に、二階堂はわざとらしく眉を寄せて見せた。それでも彼が楽しそうにしているのがわかるから、安心して聞いていられる。二階堂が、なんのかのと言いつつ、宗方のことを友人として大事にしているのが伝わってくるから。

「初対面のクラスメイトに対して、あいつなんて言ったと思う？　面倒くさそうなの隠しもしないでひとこと、『興味ない』だよ？」

　そりゃ嫌いにもなるよ、と二階堂は肩をすくめ、「ね」と葵に同意を求める。

　一応部下として、上司の宗方の肩を持とうと考えていたのだが、さすがに苦笑するしかない。

「それはまた……宗方さんらしいと言いますか……。今はあれでも丸くなったんだなあというのがよーくわかりました」

　さすがに初対面でそんな返しをされたらこころが折れる。丸くなった（らしい）今の宗方相手でも、時々こころが折れそうなのに。ファーストコンタクトが客と店員でよかったと改めて思った。

　しかし、そんな出会いからよく今の関係になれたものだ。勝手な想像だけれど、宗方から歩み寄っていくようには思えない。となれば、二階堂がめげずに再トライしたのだろうか。いったいそのあとの二人になにがあったというのか。

「まあ、そんなんだからさ、あいつが接客業するって聞いたときには耳を疑ったんだよね。一応これでも心配してたんだけど、なんとか続いてるようでよかったよ」

「接客スマイルは完璧ですよ」

はじめて客として会ったとき、なんて穏やかでやさしそうなひとだろうと思った。そのときの笑顔が懐かしい。

「うん。見るたび笑っちゃって睨まれるから、お客さんがいるときは俺入らないんだ、あの店。……まあ、でも本当に、俺がそのとき振った話題には全然興味なかったんだろうなって今ならわかるよ。少しは歯に衣を着せて欲しかったけど」

興味がなくても話を合わせるのが大多数の世の中で、彼はずばり「興味がない」と言ってしまう。悪意なく、ごく自然に。

さすがに高校生のころと今とでは対応は違うだろうけれど。

頬杖をついた二階堂が苦笑をこぼした。

「……あいつは、大事な万年筆があって、なにか書いていられればそれだけで満足なんだよな。それが東京でも北海道のど田舎でもさ。当時の不満といえば、文房具屋が近くにないことだけだったろうな」

「ああ、それは……」

「今じゃネットでなんでも買えるけどさ。当時はそんなもの普及してないし、そもそも万年筆はネットで買うもんじゃない、とか面倒くさいこと言うし。二人で万年筆屋を探して歩いたのも、今となってはいい想い出だよ。……あのころの俺にスマホの地図アプリを見せてあげたい。文房具屋で検索してみなって」

どこか遠い目をして二階堂が言った。

「それで、見つかったんですか？」

「まさか。ゆけどもゆけどもだだっ広い道、道、道。あと雪ね。冬だったからさあ、寒かったなあ。おまけに途中で道に迷って、携帯なんかまだないし、街灯も少なくて真っ暗だし。命の危険を感じた。志貴と二人で死ぬなんてまっぴらだよ。俺、あの冬はじめてパトカーに乗ったよ。もう二度とごめんだけど」

「パトカー!?」

「巡回中のパトカーを、志貴のやつタクシー止めるみたいに止めたんだよ。たしかに自力で帰るのは大変だっただろうけど、あの躊躇《ためら》いのなさはある意味尊敬に値する」

おまけに、パトカーから降りるところをほかのクラスメイトに目撃されたせいで、しばらくからかわれたのだという。それでも宗方はまったく気にしなかったそうだ。

「最悪のファーストコンタクトから、二人で万年筆屋さんを探して遭難するまでに、いったいどんなエピソードが？」

わくわくして尋ねると、二階堂がにこりと笑った。

「続きはまた今度」

「ええっ」

「というわけで葵ちゃん、また食事に誘われてよ。志貴の楽しい話をいろいろ聞かせてあげるから。あいつが話さないぶんさ」

さっそくスマートフォンを取り出す二階堂を見て、葵はなるほどと手を打った。

「うん？」

「……ふむ、こういうことですか」

宗方が苦々しそうな顔をしていたわけがわかった気がする。おそらく、自分が話さない自分のことが、二階堂の口から伝わるのが嫌だったのではないだろうか。

噂話《うわさばなし》は苦手だけれど、葵としては、想い出話ならぜひともお聞かせ願いたいところである。

「うーん、悩ましい」

「葵ちゃん？」

宗方が望まないのだったら、彼の意を汲《く》むべきだとは思う。思うのだけれど……。

悩んでいる葵に、男前の誘惑者が悪魔の笑みを浮かべた。

「あいつがなんで利き手捻挫するはめになったのか知りたくない？」

「知りたいですっ」

「よし。じゃあアドレス交換だ」

反射的に頷いてしまった。捻挫の原因を何の気なしに尋ねたら、ものすごく嫌そうな顔で「つまらない理由です」と返されて以来、おおいに気になっていたのだ。

鞄からスマホを取り出す拍子に、パスケースが一緒に落ちた。きちんとしまっていなかったのか、ポケットから古びた紙がひらりとこぼれる。

あわてて手を伸ばす葵より先に、二階堂の長い手がひょいとそれを拾い上げた。

「はい」

「ありがとうございます」

今にも破けそうな紙をそっと受け取って、丁寧にたたみ直した。大切な、お守りのメッセージ。

「大事なもの？」

注意深くぼろぼろの紙をしまう葵を見て、二階堂が首を傾げる。

「はい。お守りなんです」

答える声に思いのほか力が入ってしまう。引かれただろうかと顔を上げれば、意外なほどやわらかく微笑む二階堂がいた。

無言で先を促す視線にはどこかこちらを安心させるものがあって、気づいたら言葉が口の端にこぼれている。

「……わたしが、ものすごく落ちこんでいたときに、もらったメッセージなんです」

今まで誰にも話したことがないエピソード。まさか今日会ったばかりの男性に話すことになるとは思わなかった。だが、自分でも驚くほど抵抗がない。

この件が、自分の中で過去の一つになりつつあるのを感じた。

「中学のころ、一緒に暮らしてた叔父が突然倒れて入院して、もしかしたら……このまま死んでしまうかも知れないって、お医者さんに言われて」

あのときのことは、あまりよく覚えていない。医者からそれを告げられたとき、鈍器で頭を殴られたような、強い衝撃があって、その感覚だけが強烈に記憶と身体に残っている。

叔父を亡くしたら、帰る場所も失われる。

二度も失うなんて耐えられない。その未来を考えるだけで息が止まりそうだった。

あんな絶望は、両親が死んだときだけでもうたくさんだった。

叔父は見た目には元気そうで、病院に併設されたカフェで話している最中も、家に一人でいる葵のことをしきりに心配していた。すぐに帰るよと笑う叔父に、自分はうまく笑えていたのだろうか。

叔父が病室に引き取ってからも、葵はしばらくぼうっとしていた。帰ったら、ひとりきりの家のつめたさに向き合わなくてはいけない。

時計の秒針の音、冷蔵庫のモーター音、照明が点《つ》く瞬間のパチッという音——それらが、ひとりでいるとやけに大きく、寒々しく響くのだ。

病院の中にあるカフェは、駅前にあるカフェとは別物の空気に満ちていた。ひっそりとした冷たい明るさが漂っていて、いまの葵にはちょうどよかった。

医者の宣告のときに感じた、あの殴られたような衝撃は、叔父がいなくなった途端にまたよみがえってきて、それが葵の頭の中でぐわんぐわんと音を立てていた。

店内には、入院患者らしい人たちが見舞客と談笑している姿が多い。聞こえてくる会話には病院独特な単語が散らばっている。

この中の何人かは、葵と同じ感覚を抱えているのだろうか。ぐわんぐわんという、世界が無情に揺さぶられるような感覚を。

目眩《めまい》がした。

考えるな。考えるな。

周囲の会話が雑音になって、それがしだいに音量を上げて葵に襲いかかってくる。

不意に、目の奥が熱くなって、組み合わせた両手に爪を食い込ませた。その痛みに意識を集中させた。こみ上げたものがあふれるのを許せば、もう本当に耐えられない。

泣いたらだめだ。泣いたら「本当」になってしまう。

堪《たま》らず席を立って、トイレに駆け込んだ。洗面所の鏡に映った自分の顔に、乾いた笑いがこぼれる。そこに映っていた情けない女の子は、当の病人よりよっぽど死にそうな顔をしていたから。

叔父を元気づけて支えなくてはいけない自分が、本人より先に絶望してはお話にならないだろう。

医者になにを宣告されても、きっと叔父は諦めたりしない。葵のために生きようとしてくれるはずだ。それを、先に自分が諦めてしまっては申し訳が立たない。

死ぬかも知れないとは言われた。

でも、明日死ぬと言われたわけではなかった。

手術をすればまだ見込みはあると、あの医者は言っていた。

両親の死のように、それは突然降ってきたわけではなかった。立ち向かう時間が残されているということを、無駄にしたくない。

最後まで、諦めない。少なくとも、叔父より先には諦めない。

そう決意すると胸の奥にほんの少し力が湧いてくる。こぼさずに済んだ涙にほっとして、顔を上げた。

あとは叔父に病状を告げるかどうかだけれど、黙っていたらあとでこっぴどく叱られるのは予想できた。告げるべきだろう。普段穏やかなだけに、怒った叔父は怖い。

治ったあとのことを考える余裕が戻っていた。そのことに安堵して、少し笑う。

そう、綾瀬葵はわりとしぶといのだ。

軽く顔を洗って席に戻ってくると、テーブルの上にさっきまではなかった紙が一枚置いてあった。

誰かがゴミを置いていったのだと思った。なにもこんな気分のときに、そういう些細《さい》《さ》な心ないことに遭遇しなくても……と、ため息をついて紙片を取って、息を呑《の》む。

ノートから破り取られたらしいその紙には、文字が綴られていた。


——辛いことがあったのだとお見受けします。

最初の一行目。濃紺の文字が、遅れて脳に届く。顔を上げてあたりを見回したけれど、だれとも目は合わない。しかたなく、続きを追った。


——見ず知らずの自分が差し出がましいとは思いますが、会話が聞こえてしまいました。お一人で抱え込まずに、おじ様に相談すべきだと存じます。

——私は以前、相談せずに後悔したことがあります。

これを書いたひとは、どうやら事情を把握しているらしい。叔父と話しているとき、すぐ傍《そば》にいたのだろう。隣のテーブルは空っぽだ。ほとんど口をつけていないコーヒーカップがぽつんと残っていた。

どんなひとが座っていたのか、男だったか女だったか、年齢も、服装も、なにも覚えていなかった。

ソファ席にゆっくり腰かけて、深く息を吐く。

不思議と、嫌な気はしなかった。会話を聞かれていたことにも、置き手紙をされたことにも。どうしてだろうと思いながら、メッセージの最後の一文へ目を落とした。

――どうか、あなたにやさしい未来が来ることを祈っています。

なにも、知らないくせに。

隣で会話を聞いていただけで、葵の事情なんて、なにも知らないくせに。置き手紙一つで、現実は何一つ変わりはしない。叔父の命は相変わらず危ないし、「明日」が葵にとってやさしい保証はない。

そう思って憤る気持ちは、しゅわしゅわと泡になって弾《はじ》けていった。

代わりに、メッセージは驚くほどの素直さで、葵のこころの奥に染みこんでいく。

ぱたりとなにかが紙に当たって、濃紺の文字がじわりと滲《にじ》んだ。自分が泣いていることに、遅れて気づいた。

今までずっと、なにか苦しいことに直面したとき、葵は泣くものかと踏ん張ってきた。泣いてもどうにもならないと知っているから。

泣いても、自分が惨めになって、涙が乾いた瞬間もうどうにもならないという事実を突きつけられるだけだと思っていたから。

視界が滲んで、もはやメッセージは見えない。

書かれた内容はさほど重要ではなかった。ものすごい含蓄があるわけでもなければ、百八十度ものの見方が変わるような言葉でもない。むしろありきたりの、なんの変哲もないシンプルな言葉で。

ただ、無視して当然の、赤の他人の自分に、このメッセージを送りたいととっさに思ったひとがいる。その誰かが、ほんの束の間でも、まったくの赤の他人にこころを砕いてくれたのだということが、どうしようもなく胸に迫った。

たまたまカフェで隣の席に座っていた人間が絶望に沈んでいたところで、いったいどれだけのひとがなにかしようと思うだろう。思って、行動に移すだろう。

自分だったら、きっとなにもしない。

自分ならば、世の中にはそういうことがあるのだと内心頷いて、それで終わりだ。みんなそれぞれで乗り越えていくしかないのだから、なにも知らない他人の自分が関わろうなんて思わない。

それなのに、このひとは。

急いでいたのだろう。ノートを破った跡が乱雑で、それが丁寧な文字と対照的だった。濃紺の文字はなぜかやわらかく、温かみを感じさせる。真摯な想いで書かれたのだと、一目でわかってしまう。

それ以来このメッセージを見るたびに、世界にどうしようもなくひとりぼっちだと思っていたあの日と、そんな自分をすくい上げてくれたひとがいたことを思い出す。

「このひとが願ってくれたような、そんな未来のために自分も頑張らないとなって思うんです」

たったそれだけのこと。メッセージの送り主は葵のことなんてもう忘れているだろうけれど、それでも自分にとっては大事な想い出だった。

二階堂は一度も口を挟まず、ほんの少し笑みを浮かべたまま葵の話に耳を傾けてくれていた。

「……叔父さんは？」

「なんとか手術も成功して、今もぴんぴんしてますよ」

「よかった」

「……すみません、こんな話」

二階堂の雰囲気に流されてつい口にしてしまったが、知り合って間もない相手にする話ではない。誤魔化すようにワインを飲む葵に、二階堂は首を振る。

「いや、いい話を聞いた。葵ちゃんみたいな子が、あの店に来てくれて俺も嬉しい。俺も、っていうのはたぶん志貴も嬉しいと思ってるだろうってことね。絶対言わないだろうけど」

「いやー……、宗方さんは、どうかなあ」

最初のころよりは打ち解けてきたと思うけれど、相変わらずプライベートの話はしないし、業務に関しては宗方の手を煩わせてばかりだ。だいぶ知識も身についてきたとは思うけれど、万年筆の博士のような男を前にしていると、自分などなにも知らないのと同じに思えてしまう。

一応試用期間の身である。三ヶ月のうちに宗方に認めてもらわねばならない。情けないことに、現状ではまだ戦力外の感が拭えない。

悩む葵を楽しそうに眺めていた二階堂が、内緒話をするように口元に手を当てる。

「あいつ、ああ見えて態度はけっこう素直なやつだから。口は壊滅してるけどね」

「かいめつ……」

ぶっきらぼうなのは知っているけれど、長年の友人に壊滅とまで言われるとは。

「言ってることは無視して行動と表情だけ見てれば、案外わかりやすいよ。根はいいやつだから、これからもよろしくね、葵ちゃん」

そう言って二階堂はウィンクした。実に慣れた様子で。

会話の終わりにウィンクする人を初めて見た。しかもそれが様になっているなんてすごい。

感心すると同時に、宗方がここにいたら苦々しい顔をしているだろうなと思っておかしかった。本当に、まったくタイプの違う友人同士だ。

「葵ちゃん？」

「……二階堂さん、宗方さんのこと大好きなんですね」

しばし停止した二階堂があわてて首を振った。完璧な笑顔がはじめて崩れる。

「え。いや、違うよ？　あいつがあんまりにも人付き合いが苦手だから見ていられなくてしかたなく……いや、たしかに長い付き合いだけども」

違う違うと手まで振る彼に、葵は悪戯《いたずら》っぽく笑う。

ふと昼間の宗方を思い出したのだ。

「贈ったボールペン、使って欲しそうにしてましたよ」

ふたたび動きを止めた二階堂が、軽く目を見開く。

「それ、あいつが？」

言ってもいいのかな、と悩んだのは一瞬。宗方のことだ。隠したければ口止めしているか、そもそも葵に話したりしないだろう。

「使ってくれないって、ちょっと拗ねていらっしゃるように見えました。……ボールペン、なんで使わないんですか？」

「あー……、それはね……」

ああ、と意味不明なうなり声を上げて頭を抱える二階堂から、さっきまでの余裕が消えていた。明るい茶髪からちらりと覗いた耳が赤くなっている。

「だってさあ、あいつ、あれくれたときすごいプレッシャーかけてくるから……」

「プレッシャー？」

「延々そのボールペンの良さと歴史を語ってきて、これを持つにふさわしい男はどうのこうの……本当はおまえにはもったいないだの……あんまり言うから、不作法だと思いつつあとで値段見たらたしかに、俺にはもったいないし」

「ああ………」

それは、宗方が悪い。

接客のときにはそんなこと言わない。というか、言ったらだめだと怒るだろう。ただお客さんに一番いいものを……、気持ちよく使ってもらえるように、という姿勢で彼はペンを選んでいる。なにをどう間違っても、使い手に、使うことを尻込みさせるようなプレッシャーをかけたりなんかしないのに。

それが、友人相手のときにはまったく発揮されていないのかと思うと……

「面白いですね」

「え？」

「いえいえ」

宗方の新たな一面が垣間見《かいまみ》えてなんだか楽しくて嬉しい。二階堂は困っているけれど、葵からしてみれば微笑ましい悩みだ。

気心の知れた友人への贈りものだからこそ、おそらく照れ隠しでそんなことを言ってしまったのだ。それでいて「使ってくれない」と拗ねている。自分が言ったことを二階堂が気にしているなんて全然考えていないのだろう。

「使ってもらえれば、きっと宗方さん喜びます。ペンは飾ったりしまい込んだりするものではなくて、人の手で使われてこそだって、いつも言ってますし。それに、二階堂さんにドルチェビータは似合うとわたしも思います。そもそもあの宗方さんが選んだんだから、間違いないです」

――デルタの、ドルチェビータミディアム。南イタリアの太陽を浴びたオレンジをイメージした、美しい軸のペン。

あの鮮やかなオレンジ色は、二階堂にきっと似合う。

ぐっと拳を握って笑ってみせると、二階堂も苦笑気味に頬を緩めた。それが、さっきまでの余裕の笑みではなかったので、葵も肩の力を抜いて笑い返す。

「本当はね、いつも持ち歩いてるんだよね」

二階堂の手が、鞄の中に差し込まれる。

「なくすのも怖いし、使ったら使ったで、やっぱりおまえにはまだ早いとか……あいつならそういうことさらっと言いそうだし……」

ほら、といって取り出したドルチェビータは、暗い店内でも鮮やかに輝いていた。なめたら甘酸っぱい味が本当にしそうな瑞々《みずみず》しいオレンジ色。

イタリアンレストランの内装ともマッチしていて、思わずため息が漏れる。

「きれいなペンだよなあ。こういうの見ると、ペンに金かける人間の気持ちもわかるなって思うよ」

「さっき使ってたのは、ラミーのサファリでしたね。あれが普段使いですか？」

「うん。あれ実は三代目。一本目なくして、二本目は壊した」

「なるほど……」

店にも、たまにそういう客が来ることがある。その場合もう最初から買うものが決まっていて、とくに試し書きもせずに決めるひとが多い。疑問に思って尋ねると、だいたい「なくしたペンと同じものを」と苦笑いが返ってくるのだ。

「だから怖いんだよね。二本目は、撮影中に機材が倒れて、カメラを死守したらペンが犠牲になった。軸がぱっきり割れてるの見てさ、ああこれがあのペンだったら……って思ったよ」

もちろんサファリのボールペンだって割れたら悲しい。ただ、たしかにドルチェビータの軸が割れているところは、想像するだけで胸が痛む。だれかに贈られたものというのは、特別だ。

「それでも……ぜひ、使ってあげてください。宗方さん、喜びますよ。実はメーカーが廃業しちゃったんですが、簡単な修理なら宗方さんが対応できるし、なくすのは……なんとか気をつけて」

「なんとかね」

「だって使わなきゃ意味ないですし」

「そりゃそうだよね……。鞄に入れてても、持ち歩いてるうちになくすか壊すかするかも知れないし。それなら使ったほうがいいよな」

「どちらもしないで済めば一番ですけど」

「葵ちゃんにそんなに言われたらね、使ってみるか」

「はい！」

二階堂がドルチェビータを胸ポケットに挿して現れたら、宗方はいったいどんな顔をするだろう。きっと口には出さないけれど、嬉しいはずだ。

想像しただけで葵まで嬉しくなってしまう。そのときの顔は絶対見逃さないようにしなくては。

ふと、二階堂がこちらを見てにこにこしているのに気づいて、居住まいを正した。ちょっと変な顔をしていたかも知れない。

「葵ちゃんってさ」

「……はい」

「いいこだね」

え、と声が漏れる。

いいこだなんて、幼いころ両親に言われたくらいだ。もう大人なのに、いや、二階堂や宗方からしてみればまだまだ子どもなのかも知れない。いったい幾つ離れているのだろう。

子どもっぽいという意味じゃなければいいなと思いながら、葵は小さい声で「ありがとうございます」と頭を下げた。

会話は弾んだし、料理もワインもおいしくて、時間は瞬く間に過ぎていった。そろそろお開きかな、というときになって、二階堂のスマホが鳴る。

電話の主は宗方だった。

「……ちゃんと家に帰らせたか、って。マジでお父さんかよ」

通話を切って、呆れたように二階堂に葵は苦笑する。

「たぶん、明日の業務に支障があったら困るからですよ」

結局捻挫の原因を聞きそびれたことに気づいたのは、帰宅してからだった。

◇

平日の昼間、店はだいたい空《す》いている。紅葉坂萬年堂に来るお客さんは仕事帰りの人が多い。あとは常連さんや、通りがかりに中を覗いて、ずらりと並んだペンに引き寄せられて入店する人たち。

最近は文房具特集を組んだ雑誌に掲載されたおかげで、遠方からわざわざ訪ねてくれるお客さんも増えたらしい。

客の少ない昼のあいだに、葵は日々の業務を黙々とこなしていく。

先日正式に、萬年堂のネット部門に任命された。さっそく店のブログとSNSを更新したら、あの宗方に本当に感謝された。

珍しく口数多く褒めてくれたところを鑑みるに、よほど自分で更新するのが苦痛だったらしい。といっても、二階堂の言うとおり彼がブログを最後に更新したのはずいぶん前のことだったし、当の記事は味も素っ気もないものだったけれど。

葵の初投稿の記事の内容は、二階堂に提案されたとおり簡単な自己紹介だった。新しくスタッフになったので、よろしくお願いしますという内容の記事と、はじめての一本となったキンギョの万年筆の話は、宗方に了承を得て投稿した。

「いいですね」と、たった一言もらった言葉を、葵は時折反芻《はんすう》している。それが、宗方にちょっとは認めてもらっている証《あか》しに思えて嬉しかった。

パソコンをスリープさせて立ち上がる。

凝った肩を軽く回しながら、葵は店頭に戻った。

「宗方さん、なにかすることありますか？　なければガラスケースを磨こうかと思うんですが」

「ああ、それじゃあ修理品が戻ってきてるので、先にその連絡をお願いします。検品は済んでますから」

「どこですか？」

「そこの引き出しの中に」

示された引き出しには、いくつかの万年筆が個別にケースに収められていた。そのうち、一番手前にあったものを手に取った。

修理の明細を読むと、どうやらうっかり落としてペン先を曲げてしまったらしい。

せっかく馴染んだペン先がぐんにゃり曲がったら、しばらく呆然として言葉も出ないだろう。

持ち主に連絡を入れると、電話口からでも相手が嬉しそうなのが伝わってきた。近いうちに迎えに行きますと言う弾んだ声からは、このひとにとっての万年筆がただの物ではないということがうかがえる。

連絡を終えた修理品を元の場所に戻すついでに、葵は引き出しの中を整頓する。

「……あれ？」

奥の方にあった修理品を引っ張り出して、葵は首を傾げた。

「どうしました？」

「これ、ずいぶん前から置きっぱなしになってますね」

店に戻ってきた日付はもう一年も前。預かったのは一年半前だ。

引き取りに来ないのだろうか。

透明ケースの中を覗きこむと、見慣れたクリップの形が目に入る。矢羽根を模したこの形は、パーカーのものだ。

「ああ、それはずいぶん長いあいだ引き取りにいらっしゃいませんね」

「これは……古いものですか？　ちょっと今のと違うような……」

細身のわりにずっしりとした重量感がある。シルバーの軸には細かい格子柄が刻まれて、それは店頭に並んでいるパーカーにも見られる模様だけれど。

「一九七〇年ごろのモデルですよ。パーカー75シルバーシズレ。シズレは格子柄……というのはご存じですね。スターリングシルバー……純銀製ならではの重さです」

後ろから覗きこんだ宗方がペンを引き取り、キャップを開ける。ペン先の根元、首軸のリングのところに目盛りのようなものが刻まれていた。

「なんです？　これ」

「万年筆は、書き手によってペンを捻《ひね》る角度が違いますから、どのくらい回転させているのか測る目盛りです」

「……便利？　……ですね？」

「いや、意味はあんまりありません」

「え……」

「でも受けたんですよ、当時」

そう言って、パチンとキャップを閉める。

「修理に出された方はパーカー好きな男性でした。たしか一緒に購入された万年筆も預かっています」

もう一度引き出しの奥に手を入れると購入済みの箱が出てくる。こちらはアウロラのロゴが入っていた。宗方曰《いわ》く、次回の来店時にラッピングして渡すことになっていたらしいから、アウロラのほうは贈りものだろう。

「……どうしていらっしゃらないんでしょう」

「なにか来店できない事情があるのかも知れないですし、もう少しそのまま置いておいてください。何度か連絡はしていますが、電話に出られないんですよ」

「心配ですね」

コール音はするから、少なくとも携帯電話は生きているはずだが、着信を見てもかけ直さないというのはどういうことだろう。贈りもののペンは購入済みなのに。

まさか、修理代が払えないほど困窮しているのでは……と想像して悲しくなったが、その可能性は宗方に否定された。とくに遠方というわけでもないし、定年退職していて多忙というわけでもないらしい。

「まあ、考えても仕方ないですよ。ガラスケースでも磨いてください」

「はーい」

そんなやり取りがあったあとだったから、夕方にかかってきた電話には二人とも驚かされた。

電話をかけてきたのは、件《くだん》の客の息子だったのである。

◇

その男は、第一声から不機嫌そうだった。

『そっちに父が預けている修理品があると思うんですけど』

「あの、お名前をうかがっても……」

『小石川《こいしかわ》です』

「あっ……」

その名前には見覚えがある。まさに今日、話題にのぼった名前だ。

修理品の入った引き出しを開けて奥に手を突っ込んでいる最中にも、電話口の相手は時間がもったいないとばかりに先を続けた。

「はい、お預かりしています。こちらの修理ですが――」

『それ、修理代払うので処分していただきたいんですけど』

「え？」

なにを言われたのか、しばし理解が追いつかなくて思考が止まる。

『だから、処分して欲しいって言ってるんですよ。修理代いくらですか？　現金書留で送ります。住所は控えの伝票に掲載があるものでいいんですよね？』

不穏な空気を察した宗方が、静かに葵の横に立った。

「住所はたしかに、それで合っていますが、でも……」

『じゃあ修理代は？　代金が届いたらペンはそっちで捨ててしまってください』

「できませんっ」

思わず声を荒らげてしまうと、宗方の手が肩に置かれた。落ち着かなくては。一つ深呼吸をしてから「失礼しました」と謝罪する。落ち着け。

「修理品のほかに、お父様が購入されたものもお預かりしていますので一度――」

『それも処分していただきたいんですけど』

「でも、どちらもお父様のものですので」

『父は死にました』

今度こそ、頭の中が白くなる。

来店できない事情。当の本人が亡くなっていたなんて。

このペンたちは、帰る場所と迎えられる場所を失ってしまったのだ。

『だから、もう要らないので、処分して欲しいんです』

持ち主が亡くなって、その息子が処分してくれと言うのなら、それに従うべきなのかも知れない。食い下がって、クレームにでもなったら宗方に迷惑がかかる。

だけど、それでも、どうしても葵は頷くことができなかった。処分なんて、考えただけで胸が痛くて耐えられない。

　肩にかかる宗方の手の感触に意識を集中し、一度深呼吸する。

「申し訳ございません。やはり、こちらで処分はできかねます。遠方でご来店が難しいようなら、発送も承りますので、どうか、処分するというのはお考え直しいただけないでしょうか」

『……なんで？』

「え？」

『なんで、こっちが捨てていいって言ってるのに、そっちが押しつけるような真似《まね》するわけ？　……要らないんだよね、親父のものなんて』

　次第に小さくなっていく声が、最後は独り言のようになって、そして電話はぶちりと切れた。耳元で無情に響く電子音に、急速に頭が冷えていく。

「あ、あの……宗方さん、すみませんわたし……」

「綾瀬さん」

「ごめんなさい、すみません。怒らせてしまいました」

「綾瀬さん、落ち着いて」

　静かな低い声が、波立った気持ちをそうっと撫でて、なだめていく。いつもはぶっきらぼうなのに、こんなときはやさしいなんて反則だ。ほっとしたら思わず涙が出そうになって、目の奥に力を入れて我慢する。

「落ち着いた？」

「はい。失礼しました」

「じゃあ、最初から説明をお願いします」

葵の対応内容を聞くと、宗方は痛ましそうに眉を寄せた。だいたい察してはいただろうが、「要らない」と言われたペンのことを彼に話すのは辛かった。

「綾瀬さんの対応は、基本的には間違っていないですよ。ただ、ちょっと冷静さが足りなかったですね」

「……はい」

「要らない」という冷え切った言葉にショックを受けて気持ちが乱れてしまった。落ちこむ葵を見て、意外にも宗方は微笑した。

「まあ、このあと僕から電話しておきますので、もういいですよ」

「ご迷惑をおかけします」

間を空けて宗方が電話したが、相手は出てくれなかった。

◇

「いらっしゃいませ」

チリンとベルが鳴って顔を上げると、仕事帰りらしい若い男が入ってきたところだった。男の視線が商品ではなく、まっすぐ自分へ向いているのを感じて、葵は作業の手を止めてカウンターを出る。

「なにかご案内いたしましょうか」

「えーと……このまえ電話した小石川ですが」

「あっ」

まさか、店を訪ねてくれるとは思っていなかった。あれから二度、宗方がかけた電話には出てくれなかったのに。

思い至った瞬間、葵は深々と頭を下げていた。

「先日は、大変失礼いたしました」

控え室から宗方が出てくる。このまえの電話みたいな失敗はもうしたくない。冷静に、落ち着いて対応しなければ。

下げた頭にかかる言葉はなく、葵はゆるゆると顔を上げた。怒りゆえの沈黙かと思えば、なぜか小石川のほうも頭を下げていた。

「あの……」

「こっちこそ、このまえは失礼な電話をしてすみませんでした。あのときはちょっと頭に血が上っていて……電話切ったあと、反省しました」

電話口から漂ってきた冷たい威圧感は、目の前の男からはまったく感じられなかった。むしろ少し気弱で、実直な印象を受ける。

葵は男をカウンターに導いて、椅子を引き、さっそく引き出しにしまっていた修理品と購入済みの品物を取り出した。

修理完了品の受け渡しには、それがきちんと直っているかどうかお客さんと一緒に確認する必要がある。今回の場合はペン先の微妙な調整だったので、本来ならば依頼人に試し書きしてもらう必要があった。

修理に出した本人はもういないけれど、よければお願いしますと言うと、小石川は黙って頷いて席につく。

万年筆を受け取った彼は、しばらくじっとそれを見つめていた。どこか睨んでいるようなその表情で、電話で聞いた父親への苦々しい言葉を思い出す。親子のあいだになにがあったのだろうか。いなくなったあとにも、尾を引くほどの。

小石川がそっと試筆紙にペン先を滑らせた。

その瞬間、かすかなうめき声と乾いた笑いが落ちる。

「はは……」

「……どうされました？」

「いや、私にはこれがいいかどうかは判断できませんけど、使うひともうもういないしね、ただ……この、カリカリした書き味とか、線の細さが……本当に親父っぽかったので。生きてりゃ、満足してたんじゃないですかね」

「そうですか……」

キャップをはめて万年筆をトレイへ戻すと、小石川はふうっと大きく息を吐いて天井を仰いだ。

「……親父のね、書斎を掃除してたら、ここの店の控えを見つけたんで、それで電話したんです。放っておこうかとも思ったんですけどね。親父の負債が残っているのも気分が悪くて……さっさと片づけてしまおうと考えて」

「お父様は、ご病気ですか？」

「ええ。ずっと入院してて、先月亡くなりました」

こういう感じのひとだったんですよ、と彼は嫌そうに眉を歪めて万年筆へ視線を落とした。

「神経質で、何事も細かくて、一緒にいると息が詰まりそうで……」

彼は葵と同じか、それより少し年上だろう。書斎で見つけたというその控えを捨てて、放置してしまうことだってできたはずだ。それなのに、彼はわざわざ電話をくれた。処分していいと言いながら、店にまで足を運んでくれたのだ。

「じゃあこれ、持って帰ります」

ご迷惑おかけしましたと言う彼の前に、葵はもう一つの箱をそっと差し出す。

「これは？」

「こちらは、お父様が購入されていたものです」

「ああ、そういえば言ってましたね」

中身も見ずにしまおうとする手から、静かに箱を遠ざける。

「あの、失礼ですが、もしかしてお客様のお名前は『リョウ』様でしょうか」

見開かれた目に確信する。彼がそうだ。このペンを受け取るはずだったひとだ。

葵は箱を開けると、収まっていた万年筆を取り出した。イタリア生まれのアウロラの、オプティマ。青い大理石のような軸が美しい。それを両手で差し出して、クリップの横が見えるように回転させる。

「こちら、おそらくお客様へのプレゼントだったのだと思います」

クリップの横には筆記体の銀文字で「Ｒｙｏ・Ｋ」と彫られている。

メーカーでこの名前を彫るために、いったん預かっていたのだ。店に戻ってきたときにはもう、贈り主は病床についていたのだろう。呆然と銀文字の名前を見つめている彼に、葵は願うように言った。

「こちらもぜひ、試筆してみてください」

このペンの主は、まだ生きている。このペンは、使われるのを待っていて、使ってもらいたいという願いを託されてここにある。そして自分には、その想いを伝える役目がある。

葵は試筆の用意をして、小石川に万年筆を差し出した。彼はしばらく手を出さなかったが、葵がもう一度「お願いします」と言うと、ゆっくり軸へ手を伸ばした。

そのまま無造作に試筆紙にペン先を当てて、息を呑む。

「これ……」

驚くのも無理はない。いま試した万年筆とは、まったく書き味が違うはずだ。

「お父様は細字のカリカリした書き味を好まれていたようですが、こちらは……太字のペン先になりますし、書き心地は違うでしょう」

「……はい」

頷きながらも彼の手は止まらない。その感覚を葵は知っている。気持ちよくて、手が勝手に万年筆を走らせるのだ。

小石川から最初に電話があったあの日、落ちこむ葵は宗方から修理のいきさつと、用意された贈りもの用の万年筆のことを聞かされた。

修理品の万年筆はこの店に持ち込まれたとき、ペン先がぐにゃりと曲がっていたという。当初、落とした挙げ句踏んでしまったと言っていた男性は、宗方と話すうちその原因が息子との口論だったとこぼしたらしい。

どういう状況だったかわからないが、ただの口喧嘩なら、その最中に万年筆が落ちることもないだろう。となれば、なかなか壮絶な状況だったのかも知れない。

だが、そんな男性が用意した万年筆には、喧嘩したと言っていた息子の名が彫られている。一人息子と言っていたから、おそらく、その電話の主が相手だろうという宗方の言葉を聞いて、葵は自分の電話対応をさらに反省することになった。

もしそのことを伝えていたら、来店してくれたかも知れないのに……、と。

でもいま、こうして彼の手に無事に万年筆は渡ったのだ。

たしかに届けることができた安心感と、果たして受け取ってもらえるかという不安で声が震えそうになった。

「そちらは、就職祝いにご購入なさったそうです」

「……じゃあ、去年か」

呟いて、彼は万年筆をそっと置いた。

詰めていた息を吐ききって、背もたれに寄りかかる。そのまましばらく、シンプルな銀色のパーカーと、鮮やかなマーブルブルーのアウロラを見つめていた。

「……折り合いが、悪かったんです。物心ついてからは喧嘩ばかりで。最後はろくに口もききませんでした。親父は几帳面《きちょうめん》で、細かくて……さっきも言いましたけど、本当にちょうどそっちの万年筆みたいな人間で、俺にも同じ生き方を求めていたんです。それが原因で、よく揉《も》めました」

身体から毒を吐き出すように、彼はゆっくり言葉を吐いた。

葵は黙ってそれに耳を傾ける。

「……俺のことは決して認めないまま、死んでしまいました」

自嘲気味に笑う彼に、葵は少し迷って、結局我慢できずに口を開く。

「認めていらっしゃったんじゃないでしょうか」

「え……？」

「だって、そういう万年筆選びをされているじゃないですか。その万年筆、見た目も、書き味も、お父様の好みではないですよね」

修理品として預かった父親の万年筆はパーカー75。シズレ模様はカチッとした印象で、ペン先も極細だ。それに対してプレゼント用に選んだものは、鮮やかなブルーの軸をした、華やかなイタリアの万年筆。

「……お父様は、ちゃんと、ご自分とは違う性格で、好みも違うということを踏まえて、この万年筆を選んだのだと思います。でなければ、もう少しシンプルな軸の……ご自分の好みに合った極細のペン先を選ばれたのではないでしょうか」

これはちゃんと、父親が自分とは違う生き方をしている息子のために、選んだものだ。認めていないなんてこと、ないはず。

本当のところはわからない。でも、残された者がそう信じてもいいのではないか。

「だから、きっと、お父様は……」

さすがにそこまで強い言い方はできずに、喉まで出かかったものをぐっと呑みこんで口をつぐむ。いまの時点ですでに言い過ぎだ。

せっかく来店してくれたのに、また嫌な思いをさせてしまったかも知れない。

宗方ならどうしただろう。

離れて立っている彼の気配に耳を澄ます。宗方はじっと黙って見守ってくれている。

小石川はしばらく黙って万年筆を見つめたあと、おもむろに手にとって試筆を始めた。今度はさっきよりも真剣に。丁寧に。

意味をなさない線を書いていた手が、今度は書き慣れた文字を試し書きし始める。自分の苗字《みょうじ》、自分の名前、思いついた言葉をつらつらと……そして父親の名前も。

無言で試筆紙を埋め尽くした彼は、ペンを手放して顔を上げた。

「……あの、これで使えるインクも一緒に欲しいんですけど」

そう言って、彼は少し照れくさそうに笑った。インクを買うということは、この万年筆を使ってくれるということだ。葵の頬もふわりと緩む。

「何色がよろしいですか？」

彼は最後に「ありがとうございました」と言って、父親と自分の万年筆を引き取っていった。

◇

カウンターの上を片づけながら、葵はほっと息を吐き出した。宗方と二人だけになったら、安心して身体の力が抜けてしまった。思っていたより緊張していたらしい。

ウィンドウの向こうはもう真っ暗だ。ここしばらくどんどん日が短くなって、肌を撫でる空気も冷たさを増している。ふとした瞬間に切なくなる季節の到来だ。

不意に、宗方の視線を感じて振り返った。

切れ長の目が、じっと葵を見つめていた。いつもならそこで目を逸らす彼なのに、今日はぴくりとも動かない。おかげで葵も視線を外すチャンスを失って、この機会にとばかりに正面から宗方の顔を観察する。

いっそぶしつけなほどに見つめられてもなぜか居心地は悪くなかった。どこか透き通った視線は、葵を見ているようで見ていない。自分を通り越して、べつのなにかを見ているようで。

そういえば、ここに来て初めてじっくり宗方を見ることができた。口を開けば万年筆のことばかりの男は、黙っていると物静かな文学青年という感じだ。まとっている空気が凛《りん》と密やかで、そばにいると落ち着く。

最初のころはあんなに恐れていたのに、今ではそばにいると落ち着くなんて。二階堂の話を聞いてからは、なおさらだ。

それにしてもいい加減、なぜ見つめられているのか気になるところ。

「宗方さん？」

意を決して声をかけると、宗方の瞳がゆっくり焦点を結んで二、三度瞬いた。

心ここにあらずといった様子は、普段の彼からは想像できないほどぼんやりしている。大丈夫かなと首を傾げた葵に、彼はなにを考えているのかわからない表情のまま、言った。

「……綾瀬さん、面白いひとですね」

「えっ!?」

真顔でなんてことを言うのだろう、このひとは。

面白い？　面白いってどういう風に面白いのだろう。良い意味で言ってくれたのだろうか。そもそも良い意味での面白いって、いったいどういう面白さだろう。

「あの宗方さんそれは……」

ちょっと詳しい説明をよろしいですかと詰め寄ったところで、来店を告げるベルの音が葵の言葉を遮った。

「やっほー！　葵ちゃん、ブログ見たよ！」

やけに陽気な声が店内に響きわたって、得体の知れない沈黙を吹き飛ばした。

「二階堂さん……！」

「やっぱり女の子がさ……というより志貴以外が書くほうがいいね。読みやすかったし、よかったよ。定期的に更新していけば、閲覧者も増えるし、そのうちネットでバズらせたいね！」

「バズらせる……のはハードルが高いですが、とりあえずブログ、本当に大丈夫でしたか？」

果たして店のブログとしてあれでよかったのか。宗方のチェックはあっさりしすぎていて不安が拭えてなかったのだ。

「葵ちゃんの人柄が滲んでてよかったよ。そのうち手書きツイートとかもいいかもね。せっかく字がきれいなんだし」

「よかった〜、二階堂さんにそう言ってもらえると安心します」

ほっと胸を撫で下ろしていると、隣でぶつぶつ呟く声がした。

「……僕も言ったと思うんですけど」

「宗方さん？」

「いえ、なんでもありません」

宗方が拗ねたように眉を歪める。すでにさっきの問題発言を問いただす雰囲気ではなくて、「面白い」と言われたことについては流すしかなさそうだ。

「志貴の投稿だとフォロワーが増える気配なかったもんな」

「フォロワーが増えたところで、お店に来てくれるかは話がべつだろ」

「おまえはネット活動を全然わかってない」

宗方をからかう二階堂は、やはり楽しそうだった。なんだかんだで仲がよさそうな二人を見ているとほっとする。

「いやいや、まあ実際、捻挫のせいでキーボード打てなかったんだし、ちょうどよかったじゃないか。捻挫してなくても更新なんざしなかっただろうけどさ」

「……だれのせいで捻挫したと思ってる」

「え、二階堂さんが原因なんですか？」

聞きそびれた捻挫の原因を知るチャンスだ。宗方は眉を寄せたが、二階堂が「そうそう」と軽く頷く。

「俺がねえ、撮影してたペンを落としちゃってね。それをこいつがキャッチしようと手を伸ばして……」

言いながら、そのときの状況を身振りで再現する。

「でもこいつの運動神経は死に絶えてるから」

「そこまでじゃない」

「絶滅に瀕《ひん》してるから、結局俺のほうが先にキャッチしたってわけ」

さらりと失礼な言い直しをして、二階堂は「でもね」と先を続ける。

「その拍子に俺が志貴の手を踏んじゃってさ」

だってちょうど足の下にあるからさあ、と笑う二階堂に反省の色はない。

「ああ……なるほど」

状況が目に浮かぶようだ。笑ってはいても一応悪いと思っているのか、「悪かったよ」と肩を叩く二階堂を、宗方は横目で睨んでいる。

彼が本気で二階堂を責めているわけではないのが葵にもわかった。話したくなかったのは、ペンをキャッチできずに、ただ手を踏まれただけという状況が不本意だったからかも知れない。

宗方の名誉のために頬のゆるみを必死に堪えていると、ふと、二階堂の胸元に目がとまった。

今日の彼は剝《む》き出しのカメラ一つを肩からかけただけの軽装備。黒い革ジャンの胸ポケット、そこから、銀のクリップが覗いていた。

見覚えのある、すっと伸びたクリップから目が逸らせない。

こちらを振り返った二階堂が、葵の視線を辿ってちらりと笑う。その笑みはほんのり照れくさそうで、彼を幾分幼く見せた。

思わず宗方を振り返る。葵がなにを言うまでもなく、宗方はすでにドルチェビータの存在に気づいていたようだ。視線が、まっすぐ二階堂の胸元に向かっている。

宗方はなにも言わなかった。ただ、ちらりと葵を見やって、問うような表情を浮かべる。そんな彼に悪戯っぽく笑ってみせた。

葵が二階堂になにか言ったことはもう察しているだろう。宗方は嫌がるかも知れないと思ったが、口止めされなかったのだからと開き直る。これくらいで彼が怒ったりしないのを、いまの葵はなんとなく予想できた。

てっきり渋い顔をするかと思っていたから、次の瞬間、宗方の頬に浮かんだ表情に息が止まる。

彼はかすかに笑ったあと、照れ隠しのように咳払いをして、とってつけたように眉を寄せた。

緩んだ口元を手で隠した宗方の横顔に、葵の頬まで熱くなる。

宗方志貴という男は、二階堂の言うとおり意外にも素直なのだった。

三筆目　はじめてのデートのススメ

じゃあお願いしますね。と、軽い調子でそう言って、その女性は店を出ていった。

あとに残されたのは、暗い顔で俯く宗方と、どんよりとした重苦しい空気。ガラスケースを磨きながら、葵は息苦しさに身を縮ませる。

ちらりと横目でうかがえば、宗方が預かった万年筆を持ち上げたところだった。切れ長の目が、手の上の万年筆をじっと見つめている。

あれは、間違いなく、そうとう落ちこんでいるに違いない。このあとしばらくはそっとしておくに限る。

ペンを我が子のように思う彼が落ちこむのも無理はない。

葵はその万年筆の持ち主である女性を思い出し、肩を落とす。

昼過ぎの穏やかな時間に訪れた女性は、万年筆の修理を依頼してきた。

その昔、就職祝いで親戚からもらったという万年筆は、ペリカンのスーベレーンM

400の赤縞。小ぶりのそのペンは、ギフトにもよく選ばれる定番品である。

ペリカン万年筆の特徴の一つは、ほぼすべてのモデルが吸入式という方法でインクを補給するところだ。最初、洗浄しようと胴軸を捻ろうとして、宗方にあわてて止められた。

吸入式は、ペンの尻軸の部分をくるくる回転させることで内部のピストンが上下に動くようになっている。ペン先をインクにつけてピストンを動かし、ペン芯からインクを直接内部へ吸入するのだ。だから葵のプラチナの万年筆と違い、首軸は胴軸から取り外しできない。

カートリッジ式も手軽で便利だけれども、吸入式の万年筆はインクボトルからインクを吸い上げる瞬間、なんだか万年筆らしい浪漫《ろまん》があって好きだ。

ペリカンの縞々の軸は、ようく光にかざして見るとほんの少し中が透けて見える。それで、中に入っているインクが見えるのがまた面白い。

葵もいつか、吸入式の万年筆が一本欲しいと思う。密かに目を付けているのがペリカンのスーベレーンM400ホワイトトータスだった。

キャップや尻軸は真っ白で、持ち手の胴軸の縞々がどことなくべっ甲のような甘やかな印象で美しい。華やかだが、ちょっとレトロチック、そんな万年筆だ。

その憧れの万年筆の色違いを修理に持ってきた女性は、あまりペンに興味はないようだった。お祝いでもらったときにインクを入れて、ほとんど使わないまま何年も放置していたらしい。

インクを入れっぱなしで放っておいたおかげで、もはや内部でインクが凝固しピストンが思うように動かない。ペン芯の中でもインクが固まっているだろうから、もしかしたら部品交換が必要になるかも知れない。

決定的だったのは、ペン先が無残にも大きく曲がっていたこと。

女性は笑いながら、小学生の子どもが遊んでいて曲げてしまったのだと言う。その子が欲しいと言うので、修理代がそんなに高くないなら直して娘にあげちゃおうかなと彼女は言っていた。

それだけならよかった。しまい込まれた万年筆が、誰かの手で使われる可能性があるのなら喜ばしいことだ。

だが彼女は「いまどき万年筆なんて使ってる人いないでしょ」だの「使いにくかった」だの、わざわざ言わなくてもいいようなことを一方的に話して帰っていったのだった。

宗方は終始穏やかに対応していた。

そうして女性がいなくなった今、店内の空気が重い。

こういうときにこそ二階堂が来てくれればいいのに。ここ最近よく姿を見せる男を思い出し、自分勝手に願ってしまう。

「…………」

いや、いくら店のホームページ制作に関わっていて、宗方の友人だといっても、こんなときに二階堂に頼るのは間違っている。この店のスタッフはいまは葵しかいないのだ。それに、これから修理伝票を書くのだから、どちらにせよ葵が手を貸さねばならない。宗方の利き手は、いまだに調子が悪い。

よし、と小さく拳を握って、葵は俯く宗方に恐る恐る近づいた。

「宗方さん、元気出してください」

声をかけた瞬間、宗方がすごい勢いで飛びのいた。葵がそばに来ていたことにも気づいていなかったようだ。あまりの驚きようにこっちまでびっくりしてしまう。

目を丸くしている彼に小さく頭を下げる。

「驚かせてすみません。でもほら、あんまり落ちこまなくても、修理して、ちゃんと書けるようになったら、娘さんが使ってくれるかも知れないですし」

そうですね、と呟いて、ふたたび赤の縞のＭ４００に目を落とす。

「ただ、ペン先の修理は高く付きますから、その金額を出してまで修理してくださるかは微妙なところです。多少の歪みなら、この前の修理品みたいに曲げ戻すこともできますが、これだけ大きく曲がっていると……」

「ああ……」

元気づけるつもりが、葵も一緒に落ちこんでしまう。

修理をされない万年筆はいったいどうなるのだろう。軸に傷があるだけなら字を書くのに問題ないが、ペン先の不良となれば万年筆としては致命的だ。良くて子どもの遊び道具、悪くて永遠にしまわれるか、捨てられるか……。

この店に出逢うまでは、葵にとってそこまで特別なペンは存在しなかった。安いボールペンにもお気に入りはあったけれど、壊れたら捨てて、新しいのを買うのが普通だった。引き出しにしまいっぱなしのペンも多い。

一本のペンを、大切にメンテナンスして持ち続けるという感覚は新鮮であると同時に、どこか懐かしい。この先、どういうふうに生活が変わったとしても、いま胸に挿しているセルロイドの万年筆と、宗方にもらった白いボールペンは、新しい生活へ連れていくだろう。

そういうものがあるのは、嬉しいことだ。

「この万年筆、修理されるといいですね」

修理されて、また使われるといい。

祈るようにそう呟くと、宗方が無言でこくりと頷いた。その動作が少し子どもっぽくて頬を緩めたら、たちまちいつもの顔に戻ってしまう。玲瓏《れいろう》とした、相手とのあいだに一線を引こうとしている顔。

「ペリカンのスーベレーンシリーズの縞模様、同じように見えますが、厳密には一本一本違うんですよ」

「えっ……」

光にかざすとほんの少し中が透けて見える上品な縞柄。目の前のものは赤縞だが、ほかに緑と青、葵が狙っているべっ甲のような色に加えて、最近黒縞も出ている。違うのは、色だけかと思っていた。

「見てすぐわかるものではありません。個体差はほぼないですから、気づかないのも当然です。スーベレーンの縞々は、樹脂の層を縞の数だけ重ねて、縦に薄く切った板状のものを、丸めて成形しているんです。このペンの表面は、実は断面なんですよ」

「ああ……なるほど……」

その発想はなかった。たしかに、それなら一度にたくさん生産できる。

「でも、樹脂の板をこんなふうに丸めて、割れないものなのでしょうか」

「たしか、製作工程の様子を紹介したビデオがあったはず。今度お貸ししましょう」

「……つかぬことをおききしますが、そちらはまさかビデオテープでは……」

あり得る。宗方ならあり得る。

ご覧ください、と昔懐かしいＶＨＳを渡される前に一応尋ねると、心外だというように彼の片眉が上がった。

「さすがにいまどきVHSを貸したりはしません。DVDですよ」

言いながら両手で円をつくる。長い指。節のところがかすかに太くなっているのがはっきりわかる。

万年筆の映える手だ。

「ではぜひ貸してください。ほかの工程も気になります」

「明日持ってきます」

曲がってしまったペン先を、人差し指でそっとなぞりながら彼は言った。ペン先にはインクがこびりついているが、触った指先に色がつかないほど乾ききっている。

ため息を一つこぼして、宗方はキャップを閉めた。

「ペンは、使い手を選べませんから、せめて愛情を持って使ってくれる人のもとに届いてくれることを、いつも願っています」

万年筆でもボールペンでも、ペンを販売するときの宗方は、単純に販売員というには親身に過ぎる。抑えていても、にじみ出るペンへの愛にはいつもほっこりさせられて、隣で聞いている葵は頬が緩むのを堪えるのが大変なのだ。

その微笑ましさはなにかに通じるものがあるなと考え、思い至ったものに内心で手を打った。

「宗方さんって、ペンのお父さんみたい……」

あまりにぴったりの表現過ぎて、思いついた瞬間口から出ていた。

自分でも驚いたが、それ以上に宗方が驚いていた。ぎょっとした様子で後ずさって片手で顔を覆う。だがその手も紅《あか》く染まった耳までは隠せていなかった。

「おと……な、なに言ってるんですか」

「ペンを売るときの宗方さん、娘をお嫁に出すお父さんみたいだなあ、って」

いい嫁入り先……つまりは末永く大事にしてくれそうな使い手を見つけたときは、しばらく機嫌がいい。メンテナンスの方法を説明しているときなどは、嫁ぎ先での暮らしの世話を焼いているよう。

それに対して、こうやって故障で持ち込まれたペンを見るときなどは実に悲しそうだった。

もちろんお客さんにはわからないように表面は取り繕っているけれど、最近の葵は読み取れるようになってきた。

——言ってることは無視して行動と表情だけ見てれば、案外わかりやすいよ。

二階堂のアドバイスのおかげだ。

言われたとおり、細かな表情をよく観察していれば彼の心情は案外わかりやすい。

二階堂に感謝である。

傷ついたり故障したりしたペンを見るともちろん葵もこころが痛む。だけど宗方と自分の痛みは微妙に焦点がずれているということに最近気がついた。

宗方はペン自体にこころをかけていて、葵はペンを故障させてしまった持ち主のほうに気持ちがいく。

お気に入りのペンが、たとえば落ちて目の前で壊れてしまったら、持ち主の衝撃たるやいかほどのものだろう。葵はそれを自分と置き換え、持ち主のためにもそのペンが元通りになるようにと願う。

でも宗方は、たぶん、純粋に壊れてしまったペンの姿にこころを痛めるのだろう。

その違いに気づいたとき、宗方の他人との距離の取り方に納得がいった気がした。

彼は本当に、万年筆を中心に生きていて、ひとよりも、ペンにこころを置いている。天秤《てんびん》の傾き方に揺るぎがない。

そんな宗方のことをすごいと思いつつ、どこかで寂しいと思っている自分がいた。

こちらがどんなに視線を送っても、宗方志貴の意識は葵を素通りしていく。ペンばかりを見ている彼の視線を、捕まえたいとたまに思う。

「その万年筆、ちゃんと直って、きちんと使ってもらえるといいですね。お父さん」

冗談めかしてそう言うと、赤い顔のまま宗方が眉を寄せる。

「……そうなると、僕は子だくさんということになります」

「そうですね。日本から海外まで、いろんなお子さんがいらっしゃいますね」

まさか葵の冗談に乗ってくれるとは。落ちこみすぎておかしな思考回路になっているのだろうか。心配だ。

「こんなにたくさん子どもがいたら、気が休まりません」

預かった修理品を見て、宗方の声がまた沈んでいった。

二階堂ならば、憎まれ口を叩きつつ、こんな宗方を励ますことができるのだろうか。できるだろう、きっと。自分はこれ以上踏み込めない。

いいなあ、と思った瞬間。自分でも驚いたことに、その台詞が口をついて飛び出していた。

「宗方さん、次のお休みの日、一緒にお出かけしませんか」

え、と固まった宗方の表情からさっきまでの陰が消えていて、葵はほっとする。自分がなにを口走ったか自覚したのは、しばらくあとのことだった。

◇

毎週水曜日は紅葉坂萬年堂の定休日だ。

あとは店主の宗方の都合で休業日が決まる。毎月初め、ホームページにその月の休日が告知されることになっていた。それも今は葵の仕事の一つだ。

葵がする前は当然宗方が告知していたはずだが、ものの数分で終わる作業さえ彼には苦行だったらしく、解放されたといって実に晴れ晴れとした表情をしていた。で、紅葉坂萬年堂の定休日の、水曜日。葵は着る服に困っていた。

ここしばらく、新しい服なんて買っていない。衣替えは済ませたけれど、どう考えてもクローゼットに秋服が乏しい。こんなことなら服を新調してから誘えばよかったと嘆き、それでは趣旨が変わってきてしまうだろうと思い直す。

何度着替えても、鏡に映ることごとくが妙なコーディネートに見える。泣きたい。

「だって……まさか、オッケーしてくれるとは思わなかったんだもん」

そう、まさか本当に宗方と二人で休日に出かけられるとは思っていなかった。冗談で誘ったわけではないけれど、了承を得たときには耳を疑った。信じられなくて何度か念押ししたら「本当は行きたくないのか」と返されてあわてて首を振った。

どうせ宗方は葵の服装なんて気にしやしないだろう。なにを着ていっても同じ。仕事着と私服の違いなど気がつかないに違いない。

彼は人間に興味がない。服装にはもっと興味がないだろう。

それを寂しく思っていたはずなのに、今だけは少し救われる気分だった。

「……それに、デートじゃあるまいし」

あくまでも、万年筆店に勤めるスタッフとして、昨今の文房具屋を調査しにいく……というのが名目である。勢いで宗方を誘ったあと、無理矢理ひねり出したちょっと苦しい言い訳。

普段、宗方が行きそうもない雑貨が多めの文房具屋の偵察に行こうと誘ったところ、拍子抜けするほどあっさりと彼は頷いた。

自分で行くときはついつい同じ店ばかり巡ってしまうから良い機会だと、真面目な顔で頷いていたことから察するに、彼にとってこの外出は本当に市場調査という意味でしかない。

店のチョイスは葵に任されたので、あえて万年筆メインのお店は外して、吉祥寺あたりの雑貨と文房具を扱ったお店をピックアップした。どれも宗方が自分では行かなそうなお店ということでは自信がある。

店の地図を用意し、営業時間も調べ、ご飯を食べられる手ごろな店もいくつか調べた。回る順番とルートも練って、綿密かつ完璧なプランだと確信しながら就寝し、朝起きて青ざめたのはついさっき。

自分の服のことをすっかり忘れていたのだ。

あわててクローゼットをひっくり返したせいで、今この部屋にだれかが来たら空き巣に入られたかと誤解されそうなほど服やバッグが散乱している。救いといえば、そもそも物が少ないおかげで、散らかすのにも限度があったということくらい。

これをまたきれいにたたんで片づけるのかと思うと、いまから帰宅後が思いやられた。げんなりしつつ見上げた先、置き時計の長針が思いもかけない数字を指していて飛び上がる。

「ああっ、もう行かなくちゃ！　待ち合わせに遅刻する！」

きっと大丈夫。宗方は服装なんて気にしない。

そう自分を安心させて、葵はポーチを引っつかんで外へ出る。


吉祥寺の駅、待ち合わせた改札前にはすでに宗方志貴の姿があった。

駅まで走ったおかげでなんとか待ち合わせ時間には間に合ったのだが、宗方はもうだいぶ前からいたような様子で柱に寄りかかって立っていた。

人混みの中でもすぐに彼を発見できて我ながら驚く。探す必要はほとんどなかった。行き交う人たちの中で、彼の周りだけ時間の流れが違うように見えて、視線が自然に吸い寄せられたのだった。

「お待たせしました！」

イヤホンで音楽を聴いているわけでも、本を読んでいるわけでも、携帯電話をいじっているわけでもない待ち姿というのは新鮮だ。何の気なしに立っている姿が様になっているからちょっと悔しい。

宗方は柱から背を離すと、駆け寄った葵をじっと見つめる。

「……いつもと雰囲気が違いますね」

「えっ」

宗方志貴の口から、まさかそんな台詞が飛び出てくるとは……。

服装の変化などまったく気にもしないと思っていたのに。たしかにメイクもちょっと変えているけれど。こんなことならばやっぱり前日に服を用意しておくべきだったと内心で頭を抱える。

控えめなフリルのついたパステルブルーのシャツにカーディガン、膝上丈のデニムのスカートの下は素足で（引っ張り出したタイツは衝撃的なほど毛玉だらけだった）ポーチだけは最近買ったもの。けっこう歩くつもりだったから足元はスニーカーだ。

色合わせも組み合わせも変ではないはず。季節外れでもない、はず。

わけもなく焦ってしまって、視線が泳いだ。

「そういえば、綾瀬さんの私服を見るのは初めてですね」

「最初の日も、仕事帰りでしたからね……」

しかもあの日は、精も根も尽き果てていた。

いまだから振り返って確信できるが、あそこで妙な方向に頑張らなくてよかった。

たぶん自分はあのとき限界ぎりぎりで、身体が出していた警告をねじ伏せて突き進もうとしていた。ということに、最近気づいた。

立ち止まれたのは宗方と、紅葉坂萬年堂のおかげだ。

「宗方さんも、今日はいつもと違いますね」

「……そうですか？　まあ、あれは仕事着ですからね」

「おしゃれで素敵だと思います」

「そ、それは……どうも」

店では白いシャツとベストに、細身のスラックスというシンプルかつモノトーン基調の格好だけれど、今日は全然違う。

グレーのパーカーに黒のジャケット。下は細身の明るいデニムにスニーカー。予想外におしゃれな格好だ。宗方なら、仕事着で来てもおかしくないと思ったのに。

いつも胸ポケットに挿している万年筆は、背中に回した革鞄の中に入っているのだろう。

それにしても、宗方がデニムをはくというのが意外で、新鮮だった。まさか、自分のデニムスカートと素材がかぶるとは……。まあ、気にするまい。

今日の彼はいつもより若く見える。そういえば、宗方が幾つなのかいまだに不明だ。お店を持つくらいだから三十代後半あたりだろうか。だがこの格好を見るともっと若いような気もする。

二階堂と同い年だというが、その二階堂も年齢不詳。彼は平気で大学生の集団に紛れられそうな軽やかさがある。

宗方は小ぶりなショルダーバッグをかけ直すと、「じゃあ、行きますか」とぎこちなく呟いた。緊張しているのが伝わってきて、失礼だけどなんだかかわいい。

誰かと出かけるのに不慣れな感じが見え見えで、逆に葵は落ち着いてくる。朝方の大騒ぎはどこへやら、前日までのわくわく感が戻ってきた。

「わたし、いろいろ調べてきたので、今日はどんとお任せください！」

「頼もしいですね」

「まず最初はー……」

宗方を伴いつつ、地図アプリで道を確認する。

最初の一軒はほとんど雑貨屋である。ホームページを見ただけで、そのレトロでかわいい店の雰囲気にこころが躍った。

実際に店に足を運びたくなるようなホームページは偉大である。ネット通販も可能なお店は増えていて、遠方のお店ならばありがたいのは事実。だけどやっぱり行ってみないとそのお店の雰囲気は味わえないし、商品との向き合い方も画面越しと触れられるのとでは全然違う。

ホームページ自体をいじる技術は今の葵にはないが、そのぶんブログやSNSの更新に力を入れねばならないと、今回の店探しで改めて感じた。

「人が多いですね……」

狭い道にあふれた人たちを見て、宗方がどこか気圧《けお》されたように呟いた。

「平日のはずなんですけど。……宗方さん人混み苦手そうですものね」

「一人だったら引き返していたかもしれません……」

「それは困ります」

さすがに「気づいたらいなくなっていた」ということにはならないと思うが（そう信じたい）、念のため歩調を落として宗方の横に並んだ。まだまだ撤退するわけにはいかないのだ。

今日の目的は、彼にめいっぱい楽しんでもらうことなのだから。

そんな葵の動きを横目で見ながら、宗方が眉を寄せる。

「……一人じゃないから、大丈夫ですよ」

「う、疑ってないですよ。はぐれないように、です」

「はぐれたら僕のことは見捨ててください」

「そのときは電話してください」

「…………」

「えっ、嘘ですよね？　本当に、本当に電話してくださいよ？　わたしがかけたら、出てくださいよ？」

まさか本気かとあわてる葵に意味ありげな視線をよこして、宗方は先へ進む。その背中を追いかけながら恐る恐る尋ねた。

「嘘ですよね？」

「冗談ですよ」

振り返った宗方の顔には悪戯っぽい笑みが浮かんでいて、それが予想外にやさしかったので一瞬頭が真っ白になる。

たぶん、と付け加えた声が聞こえなかったら、完璧だったのに。


やはり、休日だからだろうか。

宗方はいつもよりずっと砕けた様子で、心配していた気まずい沈黙など味わう暇もなかった。

今なら、尋ねればいろいろ答えてくれるのではないか。そんなふうに思えたけれど、勇気を出すまえに目的の店に辿り着いてしまった。そして入り口をくぐった瞬間、もやもやはいったん脇に避《よ》けておこうと決意する。

所狭しと並んだ雑貨が一斉に視界に飛び込んできて、目と脳の処理が追いつかない。

手始めに、とばかりに入り口脇の棚へ手を伸ばした。

「見てください宗方さん！　これかわいいですよ」

小指ほどのこけしのストラップを掲げてみせると、宗方の困惑が返ってくる。

「綾瀬さん、それ、なんだか知っていますか？　こけしですよ」

「知ってますよ！　かわいいじゃないですか。ほら、いい顔ですよ」

「民芸品ですよ」

「民芸品がかわいくてなんの不都合がありますか」

宗方はそれ以上は反論しなかったが、納得しかねた様子で首を捻り「こけし？」と小さく呟いている。

「もともとは子どもの玩具《おもちゃ》として作られたわけだから、キーホルダーになっていてもおかしくはない、のか……？」

「あ、これもいいなあ」

ぶつぶつ呟いている宗方を置いて、葵はすでに隣の棚に移っていた。並んでいた品物をつまんで手のひらに乗せる。小さいくせに妙に精巧に作られていてかわいい。

「なんですか、それ。置物？」

「消しゴムですって」

差し出した手のひらの上の物体を、屈《かが》みこんだ宗方がじっと見つめる。次第に、眉間にしわが増えていった。

「…………消しゴムである必要があるんだろうか」

有名なメーカーのスニーカーを細部まで再現している消しゴムが、何足か色違いで並んでいた。靴紐《くつひも》まで律儀に再現している。今日の葵も、おなじスニーカーを履いている。

小さくなると途端になんでもかわいく思えてくるのは、女子ならではだろうか。

宗方がそのうちの一つをつまみ上げ、難しい顔で真剣に観察している。

「これは……使うとしたらつま先か踵《かかと》からだろうけど、つま先がなくなったら変な形になるだろうし、踵が減ったら立てて置けなそうだな」

「えっ、使っちゃうんですか？」

「え、使わないんですか？　だって消しゴムですよ？　飾っていてなんの意味が」

「よくできてるけど、実は消しゴムってところがいいんじゃないですか。そりゃ使わないで飾りますよ」

「……腑《ふ》に落ちない」

「宗方さんは雑貨心をわかっていないですね」

首を傾げる宗方と一緒に店内を見て回るのは面白かった。変だおかしいと言いながらも、宗方は飽きずに葵と一緒に品物を見て回ってくれて、どこまでも「実用性」と

「美」の両立という観点から感想と意見を述べる。生真面目で方向性の違う宗方のコメントを浴びせられては、かわいい雑貨も形無しだ。

両手に余るサイズの特大木製クリップを見つけたときも、真面目な顔をして「どういう状況で使えば……」と本気で悩んでいた。

「書類をまとめるのに便利ですね。お店で使いますか」

「……かさばるだけのような」

「でも、疲れたときにふと視界に入ったら笑っちゃいそうじゃないですか？」

店でなにか辛いことがあっても、これを見たら今日のことを思い出して気分が浮上しそうだ。自宅用に買おうかなと思っていると、宗方がひょいとクリップを手に取った。いつの間にか片手に提げていた小さなカゴにそれを入れる。

「宗方さん？」

「買ったら、店で使ってくれるんですよね？」

「え」

「こんなものが、職場でどう活用されるのか興味があります」

「えっ、ちょっと待ってくださいよ」

「楽しみです」

葵の制止を無視して、宗方はさっさとレジに向かう。知らないあいだにカゴにはクリップ以外にも先客がいて、さっきさんざん文句を言っていたスニーカーの消しゴムもちゃっかり入っていた。

「ど、どうやって使おうかな……」

せっかく買ってくれるのなら、どうにかうまい使い方を編み出さなければ。まさかネタ雑貨に頭を悩ませるはめになるとは思わなかった。会計を済ませて戻ってきた宗方が、心なしか意地悪そうな笑みを浮かべている。

「はい、これ」

無造作に差し出されたのは小さな紙袋。クリップが入っている袋は宗方の腕に下がっているから、こちらはべつのものだ。首を傾げながら開封すると、ついさっき手に取った覚えのある小さなこけしのストラップが出てきた。

「……えーと、なんですかこれ」

「こけしですけど」

しれっと答えて店を出る宗方の背中を追いかける。

「あの、こけしなのは見てわかります。で、なんでこれをわたしに」

「かわいいと言ってたでしょ。今日の視察に付き合っていただいているお礼です」

たしかに言った。かわいいと。

だけどこけしストラップなんて、いったいどこに付ければいいだろう。

「鞄にでも付けたらどうですか？」

付ける場所がないというと、宗方があっさりそう言った。一応、萬年堂に勤めはじめた記念に買った、わりといいポーチなのだが……。

「鞄にこけし……」

朝方、服装であれだけ悩んでいたのが馬鹿みたいだ。言われたとおりポーチの金具に付けてみたら案外いい気がしてきたから不思議である。

たぶん、宗方志貴にもらったからだ。

ランチの候補はいくつかあった。

まずもって宗方の食の好みがわからなかったから、その場で反応を見ながらお店を選ぼうと思っていたのだ。そしていま、チェックした中で最も行く可能性が低かった店に、二人はいた。

「本当にタイ料理でいいんですか？　いまならまだ間に合いますよ」

「間に合うって……もう席に着いてますけど」

「注文はまだです」

「大丈夫です。……食べるのは初めてですが」

「なぜそれで『大丈夫』と自信満々に……」

なにをもって「大丈夫」なのかはなはだ疑問だが、ファーストコンタクトのタイ料理に宗方は俄然《がぜん》乗り気になっている。食べ物の好き嫌いはないらしいが、あまり癖のないメニューを見繕って注文した。

店は、井の頭公園の中にあった。

周りを木に囲まれているせいか、街中より気温が低い気がする。色づいた赤や黄色の葉っぱが園内を彩っていて、二人が座るテラス席にもちらほら落ちてくる。

「タイ料理は、パクチーがどばっと載ってることが多いんですけど、本当に大丈夫ですかね」

「ぱくちー？」

「ほら、あれですよ」

隣のテーブルに運ばれてきた料理に目配せする。

「……草じゃないですか」きょとんとした宗方に笑みがこぼれる。

「それを言ったら水菜とかほうれん草も草ですし」

「メインの肉より多いですよ。あ、草がメインなんですかね」

「そう言っても過言ではないですね。あと草って言うのやめてあげてください」

運ばれてきた料理にもパクチーは添えられていて、宗方は興味深そうに眺めてからひと思いに口へ入れた。思わず「あ」と声が漏れる。まさか一口でいくとは……。しかもパクチーだけ。

ひとしきり咀嚼《そしゃく》し呑みこんだ宗方は、コップの水を一気に飲み干した。無表情なのが怖い。

「…………独特な味ですね」

「えーと、とりあえずお肉と一緒に食べたほうがいいのでは」

「どう考えてもメインとの比率がおかしい気がする」

そう言いながらもパクチーの味やタイ料理自体は気に入ったのか、食は進んでいた。

そういえば宗方がなにかを食べている姿を間近で見るのは初めてだ。いつも昼休みは入れ替わりで取るし、葵にしばらくお店を任せられるようになってからは、宗方のお昼は外食ばかり。最初のころは控え室で食べていたはずだが、彼が食べている姿は記憶にない。

身体の細さとは裏腹に、気持ちのいい食べっぷりだった。

あの店の主人という顔以外を知らなかったせいか、葵にとって宗方志貴という男はどこか現実感を欠いていていた。

朝は葵より先に店にいて、夜は葵より遅く店に残っている。こうして紅葉坂萬年堂を離れても存在していて、草だと評したパクチーを食べている。それは当たり前なことなのに、宗方のあらゆる姿が新鮮だった。

「タイ料理、お気に召したようで何よりです」

「新しい出会いでした」

　気に入ってもらえて本当によかった。葵も安心して料理に手を伸ばす。

　お腹が満たされたあとは珈琲を買って、次の店へ向かいがてら園内を散策した。

　平日とはいえ人は多く、マラソンしているひとがいたり、ピクニックしているひとがいたり、右手に見える池にもスワンボートがたくさん浮いている。子どものはしゃぐ声にまじって頭上から鳥の声がした。

　隣を歩く宗方の手にも紙コップの珈琲があって、猫舌なのか、さっきから一度も口をつけていない。会話はないけれど、気まずい沈黙ではなかった。無理して話すことを探さなくてもいいのだという安心感がある。

　不意に足を止めた宗方とともに、バルーンアートの大道芸を見守った。

　穏やかで、平和な午後。

　こんなのんびりした日があることを、ちょっと前まで忘れていた。

　たまにやってくる休日は、文字通り身体を休養させるので精一杯で、どこかに出かけようなんて思いもつかなかった。休みが不定期かつ、ともすれば潰れてしまうのがわかっているから、友だちと約束するのもはばかられた日々。

そんな過去があったのが嘘のように、今日という日はのどか。久しぶりに友人に連絡を取ってみようと、ふと思った。そう思えたことが嬉しかった。

ポーチにぶら下がっているこけしを撫でて、ちらりと隣を振り返る。

宗方はすでにバルーンアートではなく、その向こうのきらきら光る池を見ていた。

「スワンボートでも乗りますか？」

「まさか」

間髪容れず返ってきた言葉にはやけに力がこもっている。

「用もないのにわざわざ水場に繰り出すなんて、正気の沙汰とも思えない」

「もしかして宗方さん、泳げないとか？」

「……泳ぐ必要がなかったんです」首を傾げた葵を横目で見やってから視線を逸らし、人混みを抜けて歩き始めた。「綾瀬さんは泳げるんですか？」

「ええ、まあ。そんなに速くはないんですけど、持久力には自信があります」

遠泳はけっこう得意だと言うと、信じがたいという目で見られた。

「そんなに泳いでどうするんですか」

「どうすると言われても……なんにも考えずにひたすら泳ぐのは、わりと気持ちいいですよ」

「……日本が沈没でもしないかぎり、僕は泳ぎません」

「日本が沈没したら、泳ぎの練習どころじゃないのでは」

「…………」

「いや、沈没しないと思うのできっと大丈夫ですよ」

「泳がなくても僕はこれまで生きてきたし、これからも生きていくつもりです」

断固とした口調には固い決意がみなぎっていた。宗方志貴は水泳が苦手らしい。

また一つ、新しい情報を宗方ファイルに書き加える。

私服だと幼く見えて、用途が不明だと首を捻りながらへんてこな雑貨を買う。タイ料理を食べたのは今日が初めてだけど、パクチーはお気に召した様子。日本が沈没しないかぎり断固として泳がないつもり（「泳げない」のではない）。そんな話をしながらも、歩くスピードを、葵に合わせてくれている。

今日だけでだいぶ宗方志貴という人物の情報が増えている。どれも他愛ない情報だけれど、葵はそれが嬉しかった。

明日になっても、こんな調子で話してくれるのだろうか。それとも、今日だけの特別だろうか。

後者だとしたら、いまのうちにもっともっと話しておきたかった。

明日また、二人のあいだに一線を引かれるまえに。

その後に回った店でも、雑貨が珍しいのだろうか、宗方は葵にだってなんだかよくわからない物をしきりに首を傾げながら購入していた。わけがわからないものをどうして買うのかと尋ねたら、わからないから買うのだと返されて、なるほどと頷く。結局よくわからない。

これが最後ですと連れていったお店は、葵が事前調査で一番楽しみにしていたお店だった。

アンティーク調のこぢんまりとしたお店の中に、イタリアからの輸入雑貨が所狭しと並んでいる。すべてをじっくり見ていたら、このお店の中だけで一日を終えてしまいそうだ。

「あ、宗方さん、香りつきインクですって」

壁にかかっていたペーパーナイフを見ていた宗方が、振り向いて近くに来る。

並んだ六つの小瓶にはそれぞれイラストの描かれたラベルがぶら下がっていた。ラベンダー、アップル、オレンジ、ローズ、バイオレット、カカオ。

中でもアップルの色見本は目が醒《さ》めるようなグリーンで、こころ惹かれる。

「これ、万年筆に使えますかね」

「使えますよ。ただ、このシリーズは筆記しているときにかすかに香る程度で、長時間残るわけではないようです」

「じゃあ本当に、書いてる本人のための香りですね」

家での万年筆の使用用途は、今のところ日記がメインだ。でも、こういう遊び心あるインクを見ると、日記以外にも字を書いてみたくなる。たとえば、久しぶりに友人に手紙でも書いてみようかなんて。

一番気になっているのはアップルのインク。友人相手なら少々派手な色でもいいだろうが、あいにく葵が持っているのは仕事でも使っているプラチナの万年筆一本だけである。アップルグリーンは仕事で使うには明るすぎる。

「うう……」

「どうしたんです？　アップルグリーン、良い色じゃないですか」

「良い色なんですが、一本しかない万年筆で使うには……」

「綾瀬さんもとうとう二本目の万年筆デビューですか」

「えっ、いや、まだ二本目はちょっと」

そもそも一本で十分と思っていたはずなのに、いつの間にか二本目を視野に入れ始めている自分がいて驚く。絶対に、どこかの万年筆屋の店長のせいだ。

萬年堂で、ペリカンの入門万年筆でも買おうか。あれなら二千円もしないし、お値段のわりには書き味に優れていると宗方も言っていた。

そんな結論に落ち着きかけたとき、宗方が傍のガラスケースの中を指さした。

「ガラスペンで使ってみたらどうですか？」

示されたほうに目をやった瞬間、西日を浴びたガラスのきらめきが目に入った。色とりどりのガラス軸は光をたたえて鮮やかに透き通っている。

ペン先もまたガラスでできていた。これで本当に筆記ができるのだろうか。

「このペン先、溝が入ってますね」

「その溝にインクが溜まるようになってるんですよ。ガラスなので持ち歩きには向いてないですけど、一度インクに浸ければ……溝の数や精度によりますが、葉書一枚分くらい筆記できますし、洗うのも簡単です。いろんなインクを楽しむのに最適だと思います」

透明なガラス軸の中には模様が入っているものや細工が施されたものもあった。美しい軸は見ているだけでも楽しいけれど、ちゃんと実用できるペンであるらしい。

「これはイタリアのルビナート社のガラスペンですが、実はガラスペンは日本発祥の筆記用具なんですよ」

「そうなんですか？　ガラスっていうから、ヨーロッパ発祥かと思いました。ベネチアンガラスも有名ですし」

「ガラス自体はそうですが、ガラスペンは明治期に、日本の風鈴職人によって考案されたものなんです。これも毛細管現象を利用しています。このペン先の溝がインクを吸い上げるんですよ。見た目も美しいですし、筆記性能にも優れていたので世界的に広まったんです」

「なんだか……ペンの歴史は本当に奥が深いですねえ……」

そしてその深みに宗方志貴はどっぷり浸かっている。

彼の筆記用具に関する知識は、萬年堂で扱っている商品以外についても網羅しているようだった。なにを尋ねても淀みない答えが返ってくるのには、驚きを通り越して恐れさえ感じる。

彼の頭の中はどうなっているのだろう。これからどれだけ勉強しても、自分は絶対に宗方志貴のようにはなれない。たとえ同じだけの知識を身につけられたとしても、彼のようにはペンを語れないだろうという気がした。

彼がペンを語るとき、そこには浪漫と崇敬が感じられて、まるで詩か物語をきいているような気分になる。

心地よくて、気づくとペンの世界に足を踏み入れている。

「ルビナート社は、ほかにも羽ペンやインク瓶などの文房具を作っていますよ。古典的なデザインが印象的です」

そう言って、すぐ傍に並んでいた羽ペンを指さす。

「羽ペンなんていまだにあるんですね」

白や茶色や、模様のついた羽が空調の風に揺れている。いくつか手にとってみれば、横から宗方がなんの羽か教えてくれた。ガチョウにキジにクジャクに白鳥。根元を斜めにカットしただけのものもあれば、先端に金属性のペン先と軸がついているものもある。後者の場合、羽は装飾ということになるだろう。

「もともとは鳥の羽一本あれば事足りる手軽な筆記具だったんです。およそ千年、ペンの主流だったんですよ」

「千年！」

「そう考えると、万年筆はまだまだ生まれたばかりです」

「羽ペンも、構造は万年筆と同じですか？」

手に取った羽ペンの先は尖っていて、万年筆と同様切れ込みが入っている。だがそれ以外に手が加えられている様子はない。

「原理は同じです。昔ながらの羽ペンは先端を削っただけのシンプルなもので、だからこそ、その削り方や羽の種類で書き味が異なります。耐久性に欠けるので、丸くなったらその都度削って使うんですよ。昔、自分で作ったことがあります」

「ご自分で？　なんの鳥ですか？」

「カラスとか、鶏ですね」

鶏の羽を抜くのは二階堂に手伝わせました、と続けて、そのときのことを思い出したのか宗方がかすかに笑った。

「近所の鶏小屋《とりごや》から失敬したんですが、大騒ぎになって怒られたんですよ」

「それはまた……」

ぱっと見では二階堂のほうが宗方を翻弄しているように思えるのだが、ここ最近どうも逆な気がしてきている。ペンのこととなると宗方志貴には迷いがない。巻き込まれているのはどう考えても二階堂のほうである。

「羽ペンを作るなら協力しますよ、二階堂が」

「う……それは……」

なんだかんだいいながら、結局は手伝ってくれる二階堂の姿が想像できてしまった。お願いしたら宗方もついてきてくれるのだろうか。またこうして、出かけることができるなら……。

「……宗方さん、羽ペンはとりあえず置いておいて、ガラスペン選び、付き合ってもらっても良いですか」

ペンに関することを、宗方を誘う口実に使うなんて。そんなこと、してはだめだ。やましい考えを振り払って言うと、宗方は「もちろんです」と頷いてくれる。

羽ペン作りだって誘ったら頷いてくれそうだったから、なおのこと簡単に口にしてはいけない気がした。

「あ、そうだ綾瀬さん。その代わりと言ってはなんですが、このあと僕の行きたい店にも一軒付き合ってください」

まさか、宗方のほうから誘ってもらえるとは。落ちこんでいたこころが急浮上して、我ながら現金だなと思う。

「もちろんです」

もっと、宗方志貴のことが知りたかった。

それはもちろん、紅葉坂萬年堂の店員として、だ。

◇

「バーに来ることになるとは思っていませんでした」

宗方が行きたいと言った最後の一軒は、文具バーだった。その名の通り、文房具をコンセプトにしているバーだ。

バーなんて、生まれて初めてである。隅のテーブル席に座って、初心者丸出しだと思いつつもきょろきょろあたりを見回してしまう。

店の一角には雑多な文房具が陳列された棚が設置されていた。ガラスケースの中にはアンティーク文具もあって、商品を見るためだけにやってくるひともいるらしい。

店のひとに尋ねたら、すべて売り物として置いてあるということだ。

「……嫌でしたか？」

あちこちに視線を向けている葵に、宗方が問いかける。少し不安そうな声に「まさか」と笑って答えた。

「ただちょっと、緊張してます」

「来てみたかったんですよ、文具バー」

「あ、宗方さんも初来店ですか？」

「そうです。バーなんて、二階堂に連れていかれるくらいですからね。あいつはこういうのには興味ないから」言いながら、壁に飾ってある昔の万年筆の広告を指さす。

「そうですかねえ……」

宗方が誘えば、文具バーだろうとなんだろうと、二階堂は喜んで付き合ってくれるだろうと思ったけれど、口には出さなかった。

「あ、あそこ、万年筆もありますよ」

カウンターの横のケースに見慣れた万年筆が陳列されている。

「ビンテージの万年筆ですよ。試筆もできるらしいですけど、酔っ払っていたら断られるんだそうです」

「へえ……」

たしかに、酔った客に万年筆は危ない。

とはいえ、お酒を飲むためだけに来ている客は少なそうだった。宗方と同様、文房具好き（宗方は正確に言えば万年筆好きだが）のお客さんがほとんどといった印象で、聞こえてくる会話もなんだかディープだ。お酒よりも、置いてある文房具のほうに関心を示している。

「綾瀬さん」

「はい」

「好きなのを頼んでください。今日のお礼です。ご馳走するので」

メニュー表を開く宗方に、葵はあわてて首を振った。

「お気遣いなく。……いまの勤め先はいいところなので、十分にお給料をもらっていますから」

「……それはそれとして、ご馳走します」

「今日誘ったのはわたしですよ？」

「二階堂にはご馳走させたじゃないですか」

なぜか不満そうな宗方に、首を傾げる。

「こけしストラップをもらいいただきましたし」

「あれはお礼じゃなくて冗談です」

「冗談……」

冗談。理解した途端、時間差で笑いがこみ上げてきた。笑いたい。笑いたいけれど、あんまり笑ったらもう二度とそんなことしてくれなくなりそうなので、なんとか咳払いで誤魔化す。そんな葵に、彼は小さなメニュー表をすっと差し出した。

「じゃあ、お言葉に甘えさせていただきます」

そう言って、選ぼうとした葵の手が止まる。

このメニュー表、ものすごく見覚えがある。

「あのこれ、インクの色見本では……」

「それがこの店のカクテルメニューなんですよ」

どう見てもインクの色見本だ。店頭で使っているのと似ている。というか、ほぼ同じだ。

「インクのメーカーと名前で注文すれば、そのインク色のカクテルを作ってくれるんです。面白いと思いませんか」

心なしか宗方の声が弾んでいる。

「……ターコイズブルーとか、飲んで大丈夫なんですかね」

「駄目だったら出さないでしょう」

「こわいんですが……」

「名前と色が一緒というだけで、本物のインクは混じってないですよ」

「それは当たり前です」

「嫌でしたら、普通のカクテルも頼めば出てくるらしいです」

一応、普通のカクテル一覧を見てみる。カシスオレンジやジントニックなど、安心安全なカクテルが並んでいるページから色見本へと視線を戻した。

「いえ、せっかくなので冒険します。わたしプラチナのローズレッドで」

比較的おいしそうな色をしている。この色ならば無茶な材料は入っていないはずだ。名前だって赤バラだし。

「じゃあ僕は、エルバンのラルム・ド・カシス」

宗方はすでに決めていたらしいインクの名をさらりと口にする。葵は眉を寄せた。

「それ、絶対おいしいやつじゃないですか。なんですか、カシスって」

「失礼ですよ。全部おいしいはずなんですから」

色見本を見ながら騒いでいるうちに飲み物が運ばれてくる。インクボトルっぽい容器に入れられているせいで、どう見てもインクにしか見えない。

ご丁寧にそれぞれの目の前で、インクボトルからグラスに移してくれた。ボトルはちゃんとこの店オリジナルで発注した瓶らしいけれど、今のプロセスを見てしまうとなおさらインクにしか見えなかった。

葵のほうは鮮やかな赤いカクテル。宗方のほうは落ち着いた薄紫色。

「宗方さんからどうぞ」

「いや、綾瀬さんからいいですよ」

「それ、譲っているおつもりですか」

「レディーファーストです」

「こんなときにだけ……」

「なにか」

「いえ」

じゃあ、と勇気を出してグラスの縁に口を付ければ、ふわりとバラの香りがした。

「あ、おいしい」

バラの風味をしたオリエンタルな味だ。ほっと胸をなで下ろし、今度はあなたの番ですと宗方を見やる。彼は眉を寄せながらグラスを傾ける。

「どうですか？」

「……インクじゃないですね」

「それは知っています」

「おいしいです。面白いな」

調子に乗って、宗方に促されるまま、パイロットの色彩雫《いろしずく》シリーズの夕焼けやペリカンのハイライターインクのイエローを頼んだ。どれも最初はぎょっとするものの、味は良い。

　軽食を食べながらインク話や今日巡った雑貨屋について話していると、それなりに酔っている自分に気づいた。

　顔色はまったく変わらないが、どうやら宗方もアルコールはそんなに強くないらしい。三杯目を飲んだところで、記憶力があやしくなってきたと言いながら手帳を取り出す。忘れないうちに、と、その手帳に今日飲んだカクテルをメモし始めた。

　その手に握られた万年筆を見ながら、葵はセーラーの蒼天《そうてん》カクテルを一口飲む。

「宗方さんが最近メインで使っていらっしゃるのはそれですか？」

　仕事着の胸ポケットには幾本も万年筆がささっている宗方だが、その中でも今使っている一本は常に定位置に収まっている。

　グラフ・フォン・ファーバーカステル。

「えーっと、たしか、クラシックコレクション？　でしたっけ……」

　書き終わったのか、宗方はふたを閉めた万年筆をそっとテーブルに置く。コトリという、小さな音ながら、その重量感が感じられる音。

「ええ。伯爵コレクションの一本、これはグラナディラという木材を軸に使用しています。アフリカ由来の木で、フルートやクラリネットなどにも使用されている丈夫な木材です。現行のものはシルバー部分がプラチナコーティングなんですが、これは初期のもので、シルバーコーティングなんですよ」

　貴重です、と、しみじみ呟く。

「木軸は使っていくうちに味が出てくるんです。この万年筆は……昔、父が使っていたもので、そのあと僕が引き取りました。最初のころより色に深みが増して、表面にも艶が出てきています」

「お父様から受け継いだ万年筆ですか」

「……僕がはじめて出逢った万年筆、それです」

　唐突に、宗方が言った。ずっと前に尋ねた問いに、いまになって答えが返ってきた。

宗方はどこか遠い目をしながら、ぽつぽつ確認するように話を続ける。

「父が万年筆の愛好者だったんです。まだ小さいころ、僕は父の万年筆で遊んで、ペン先で怪我をしました。父は、『おまえは将来万年筆好きになる』と喜んだそうで」

「豪快なお父様ですね」

「母はカンカンだったそうですよ」宗方は苦笑する。「それで、記念植樹をするみたいに、記念万年筆を買ったらしいですね。使いこんで味が出てくるころ、僕に受け継ぐんだとかなんとか言い訳して」

「素敵な話じゃないですか！」

「たぶん新しい万年筆を買う方便に使われたんですよ。母に隠れて買ったので、さらに怒られたらしいですから」

その万年筆は小学生のときに宗方の手に受け継がれ、そしていまも彼の傍にある。

「よければ触ってみてください」

そう言われて、そっと手を伸ばす。

ダークブラウンの木軸は、しっかり硬さが感じられるのに、どこか温かみがあって指先に吸いつくようだった。この感触は、樹脂やセルロイドや金属には出せない。木材だけのものだ。

父親から息子に受け継がれた木軸の感触にほっこりする。

「ファーバーカステルは創業当初から一族経営をしている珍しい万年筆メーカーで、いまの経営者は九代目。伯爵コレクションを手がけた八代目は、数年前に亡くなりました。コレクションの名の通り、ファーバーカステルは伯爵家なんですよ」

「えっ、貴族が万年筆作りを始めたんですか?」

「もともとは家具職人が鉛筆作りを始めたのが会社の起源なんです。四代目のファーバー氏の孫娘が、カステル伯爵と結婚し、いまのファーバーカステルという名前になりました」

「昔ばなしみたいですね」

「いまの鉛筆の世界規格……太さや長さ、六角形という形は、このファーバー氏が作った鉛筆を基準にしているんですよ」

はあ、と間の抜けた声がもれてしまった。万年筆の話から、まさかの鉛筆に繋《つな》がった。当たり前に使っていた鉛筆の形が、そんなふうに決まっていたとは。

ぽかんとしている葵を見て、宗方がくすりと笑みをこぼす。

「興味があれば、ファーバーカステルの歴史について書かれた本をお貸しします。……鉛筆製造から発展したというのもあって、この会社は木軸のペンが多いですね」

ペンケースに万年筆をしまい直す手元を見て、ふと思い出す。

たしかさっき、宗方は苦もなく手帳にメモを取っていなかっただろうか。

「宗方さんの手、あとどれくらいで完治なんです？」

「あと少しですよ。そろそろサポーターもとって良いそうです」

「ああ……よかったですね」

心底から安堵の息がこぼれた。

文字が書けない宗方は、どうにも辛そうだった。

なにか書こうと万年筆をとってから、捻挫のことを思い出して顔をしかめる。そんな様子を見るたび、気の毒でしかたなかった。

「早く、思う存分文字が書けるようになるといいですね」

葵の言葉に、宗方はしみじみと頷いた。

「さっきのメモ程度だったらもうほとんど問題ないんです。長文がね。…………僕は面と向かって人になにか伝えるのは苦手なので、文章が書けなくなったら終わりです。デジタル機器も苦手だし」

「……そう、ですか？」

言うほど、話すのが苦手だとは思えない。現にこうして一日一緒にいて、会話には不自由しなかった。それどころか、気まずい沈黙もなくかなり楽しく過ごしたのに。少なくとも、葵は。

だが宗方は「駄目なんですよ」と首を振る。

「本当に、自分が思っていることの半分も伝えられていない自信があります。口で伝えるのは向いてないんです。できれば全部筆談したいくらいです。万年筆で書いた文字以上に、自分の気持ちを伝える方法はないですね。僕の場合」

ため息をついて、グラスを傾ける。明るいオレンジ色の液体が、するりと宗方の口に消えてゆく。

葵は一度口を開いて、また閉じた。

飛び出しそうになった言葉をしまい直そうとして、でもどうしても我慢できずに慎重に言葉を探す。

「伝わっていると思いますけど。二階堂さんとだって普通に話してるし」

「あれは話しているというより一方的に罵倒されているみたいなもんです」

「じゃれてるように見えますが」

「なにか」

「いいえ」

そんなに、伝えられていないのだろうか。

宗方の言いたいことは、けっこう受け取っているつもりだったのに。

ということは、だ。葵が受け取っている以上に宗方には言いたいことがあったということだろうか。受け取ったと思ったやさしい気持ちも、葵がそう感じただけで、本当はほかに含むところがあったということだろうか。

考え過ぎだ、と思いつつも、どうにも納得いかない。

宗方が言うほど、彼の言葉は無力ではない。

「でも宗方さん、その場ですぐ伝えたいときには、やっぱり口で言うのが一番ですよ。電話やメールだって、使い方次第じゃないですか？」

そうだ。あのメッセージだって……。

葵はお守りのメッセージのことを思い出して、そっと頷く。

あのときも、思ったことだ。メッセージをもらったこと自体は嬉しかった。世界が変わるくらい、嬉しかった。届けようと思ってくれたその気持ちも。だけど……

　あのメッセージに救われたという事実は決して変わらない。だけど、どうしても、考えてしまうことがある。どうにもならないとわかっていながら、「もし」と思ってしまう。

「宗方さん、わたし、むかし、メッセージをもらったことがあります」

「……メッセージ？」

　落ちこんでいたときに、気づいたらカフェのテーブルの上に置き手紙があったのだと言うと、それは気障《きざ》ですねと宗方は言った。

　たしかに事実だけ捉えるとそうかも知れない。メッセージの内容は、とても真っ直《す》ぐで切実だったけれど。

「嬉しかったんですよ。正直救われました。今もそれは大事なお守りです。でも、もしそのとき、そのひとが、わたしに直接言ってくれていたら……って思うんです」

　何度も考えた。誰だかわからぬままのほうがいいことだってあるだろう。だけど葵は、ひとことでいい、お礼が言いたかった。直接、そのひとに。

「そうしたら、わたしの気持ちだって伝えられました」

　一方的にもらうのではなくて、返すことができたのに。

　だけど宗方は、そんな葵の言葉を笑う。それが少し馬鹿にしたような笑いだったから、葵の胸がちくりと痛んだ。

「それは幻想ですよ。直接言われたら、良い言葉も台無しになります。文字だからいいんです。顔なんて見えないほうがいい。……想像どおりの素敵なひとじゃなかったら、きみだってそこまで感動しないはずですよ。そういうのが様になるのは、二階堂みたいな男だけだ」

もしメッセージをくれた相手が、冴《さ》えないおじさんだったら、そのメッセージをお守りにまでするかと問われ、すぐには言い返せなかった。

たしかに美化しているかも知れない。けれど、あの文字で、あの言葉をくれたひとが、素敵なひとじゃないはずがないという思いがある。外見ではなく、中身の話。

違うのだ、と。

宗方が言いたいことはわかるけれど、違うのだ。そうじゃない。

だけどうまい言葉は出てこなかった。口を開けば衝動のままに叫んでしまいそうで、葵はただ震える手を握りしめるしかなかった。

なんとかポーチを取って、立ち上がる。宗方の目を真っ直ぐ見られなかった。

「そんなこと思うのは、宗方さんが、自分に自信がないからじゃないですか」

なにか言わなければとは思ったけれど、言うべきことは間違いなくこれじゃない。

だめだと思うのに、言葉が口から出ていってしまう。黙れと念じても、勝手に声が放たれる。ポーチを摑んだ手が、震えている。

「わたしの恩人のこと、そんなふうに言わないでください。……二階堂さんだって、中身がちゃんとあるからかっこよく見えるんです」

宗方さんだって、と言いかけ、口をつぐむ。

無言のままの宗方の顔が見られない。そこに浮かんでいるものがなんなのか、確認するのが怖かった。

宗方だって、葵からしてみれば十分素敵なひとなのに。

そんなひとが、どうして、だれかになにかを伝えることにこんなにも臆病なのだろう。どうしてこんなにも、自分の言葉に自信がないのだろう。

永遠にも思えた沈黙ののち、宗方は自嘲めいた笑いとともに言った。

「そうですよ。僕は自分に自信なんてないですし、中身があるとも思えません。万年筆に関わっていなければ、空っぽの人間です」

息が詰まりそうだった。

かなしくて。

そんなことないと叫べたら良かったのかも知れない。

でも、葵ができたのはその場から逃げることだけだった。情けなくて、涙が出た。

四筆目　文字では伝えられないこともある

なんであんなことになってしまったのだろう。

素敵な一日になるはずだった。びっくりするほど宗方と話せて、楽しくて、宗方だって楽しんでくれていたはずだった。

そもそも彼を元気づけたくて連れ出したというのに。

「それが、どうして、あんなことに………」

もう何度目かわからない自責の言葉を吐き出しながら、葵は駅の改札を出る。足が重い。どんな顔をして宗方に会えばいいだろう。とにかくまず、謝らなくては。

元気づけようとしたのに、逆にもっと落ちこませてしまった。

――そうですよ。僕は自分に自信なんてないですし、中身があるとも思えません。万年筆に関わっていなければ、空っぽの人間です。

あんなことを、言わせたいのではなかった。

あんな顔をさせたかったのではなかった。

どうしてすぐに否定しなかったのだろう。

できなかったのだ。怖くて逃げてしまった。それを覆せる言葉を、そのとき自分は差し出すことができなかった。

自分に自信がないのは葵のほうだ。

「かっこわるい……」

足が重い。コンクリートの歩道にめり込みそうなほど。

それでも、行かなくては。


電信柱の陰から店の中を覗くと、カウンターにはすでに宗方の姿があった。顔を見たとたん昨日のことを思い出して足がすくむ。手が無意識にお守りを求めて鞄に伸びたが、すんでのところでそれを抑えた。

今は、このお守りの力を借りてはいけない気がする。このお守りに、すがるように頼るのは、たぶん違う。それはきっと、正しくない。

よし、と一つ気合いを入れて葵は電信柱から身体を引っぺがす。意志が鈍らないよう早足で店の入り口にとりつくと一息に引き開けた。

「おはようございます！」

深々と頭を下げて挨拶をする。このままの勢いで謝ってしまおうと、唇がひゅっと息を吸った、次の瞬間。

「おはようございます。綾瀬さん、今日は納品が多いので、ちょっとがんばって、手早く検品作業を終わらせてしまいましょう」

「……えっ、あ、はい。あの……」

「じゃあ、よろしくお願いします」

有無を言わさぬ口調でそう締めくくって、宗方は作業を開始する。すでに瞳は伏せられていて、ほぼ治りかけなのだろう、サポーターを巻いた手でなにか書いている。

全身から、冷たい拒絶のオーラを感じた。それを破って話を切り出す勇気はどこをどう探しても見つからず、葵はその場に立ち尽くしたまま、開きかけた口をゆっくり閉じることしかできなかった。

謝罪の機会を奪われたら、もうどうしていいかわからない。

◇

不自然なほど自然に時間が過ぎていった。

なにも考えたくなくて、無心で検品作業を進めていく。静かな店内には控えめなクラシック音楽と、葵が試筆紙にペン先を走らせる音だけが響いている。時折、宗方が商品資料をめくって、なにかをチェックする音がする。その軽快なリズムから察するに、利き手の調子は良いらしい。

それに反して店の中の空気はどんより重く、息苦しい。呼吸をするのもままならないほど。

これを感じているのは自分だけなのだろうか。涼しい顔で作業を進めている宗方は、本当になにも感じていないのか。

……そんなわけはない。いつもなら、もう少し会話があるはずだ。とくに今日は宗方が気にしていた新商品が入ってきたというのに、検品をこちらに任せて見ようともしない。まるですっかり忘れてしまっているように。

不自然だ。不自然すぎる。絶対におかしい。ほかのことならいざ知らず、万年筆に関心を示さない宗方志貴なんておかしすぎる。本当なら今ごろ、新商品を手にとって葵にいろいろ熱く語っているはず。

彼が楽しみにしていた万年筆の検品を、葵は一人で粛々と進めていく。

すべての角度の筆記において問題がないか、軸に傷はないか、ペン先の切り割りに食い違いはないか……などなど。どの程度が個体差で、どのあたりが「問題あり」なのか、判断のつかない微妙なところは宗方に任せるために避けておく。

なんとなく引っかかりを覚えたペン先は、インクを落としてからこのまえ買った携帯ルーペで点検する。ルーペで拡大されたペン先を見ても、まだまだ葵にはその切り割りがずれているのかいまいちわからないのだけれど、こういうのは回数を重ねることが肝心だと言われたから、じっくり観察する。

ルーペをしまって、そのペンは横に避けた。結局引っかかりの原因はわからない。すぐにでも隣の宗方にきいてみたいのに、重苦しい沈黙とやけに大きく聞こえるクラシック音楽が邪魔をする。

「…………」

息が詰まる。

ウィンドウ越しに見える空はあんなに爽やかなのに、店内はどんより曇り空。嵐の前のような。

こんなに切実に客の来店が待たれたことはなかった。

だからそのベルが鳴ったとき、葵はほとんど飛び跳ねるようにして椅子から立ち上がって、救世主という名のお客さんを全身で迎えた。

「いらっしゃ……ああ！　お久しぶりです！」

「こんにちは！　また来ちゃいました」

明るく手を振ってくれたのは、葵がはじめて万年筆を販売したお客さんだった。彼女の笑顔で、凍りついていた店の空気がほぐれた気がする。

「あれから万年筆の調子はいかがですか？」

「すっごくいいです。彼に手紙書くのも楽しくて、遠距離もいいなとか思ってます」

カウンターを出た葵を笑顔で迎えながら、彼女は鞄から万年筆を取り出した。

パイロットのグランセ。ワインレッドに金のクリップがあしらわれた細身の万年筆だ。それを目にした途端、あの日のことを思い出して言葉に詰まってしまった。

「きみでよかった」という言葉は、いま思い出すには少々重い。

昨日、宗方志貴にひどい言葉を投げつけたのも、他ならぬ綾瀬葵だから。「きみでよかった」は「自分じゃなければ」、と表裏一体。

「綾瀬さん？」動きを止めた葵に彼女は首を傾げる。

「あ、なんでもないんです。文通、続いてるようでなによりです」

「けっこうなペースで書いてしまって、これじゃすぐ息切れするんじゃ……って、彼には心配されてますよ。だから最近は、ちょっとずつ書きためて、まとめて出すようにしてます」

カウンターの席に座りながら、彼女は万年筆をテーブルにそっと置いた。動作一つで、彼女がその万年筆を大切にしているのが伝わってくる。

「あのですね、今日はインクを買いに来たんです。えーっとパイロットの……なんて言いましたっけ……」

「色彩雫ですか？」

「そうそれ、色彩雫！　あとコンバーターも。ブルーブラックもいい色なんですけど、もう少し秋っぽい色にしようかと思って」

「いいですねえ。インクを変えると気分も変わると思います。いま色見本をお持ちしますね」

四季折々、そのときの気分でいろんな色を楽しむことができるのも万年筆の醍醐味だ。と、インク沼にどっぷり浸かっている常連のお客さんが言っていた。

中高生のころは、筆箱にいろんな色のペンを持っていたものだけれど、いつのころからかシャーペンや四色ボールペン、あとは蛍光ペンくらいしか使わなくなった。

持っていたボールペンの芯も、黒ではなく青や赤、太いものや細いものを好みで変えていいんだと、最近やっと気づいたのである。

ボールペンの場合は色が限られるけれど、万年筆ならば使えるインクの色はごまんとある。

同じブルーブラックでもメーカーによって色味は変わるし、乾く速度や鮮やかさも違う。メーカーや字幅によって万年筆との相性はあるけれど、インク好きなひとはわりと気にせず使っているらしい。

相性が悪いと感じたらとにかくすぐに洗浄せよ、と、インク沼に浸かっているお客さんの言葉を伝えると、彼女はおかしそうに笑った。

「あれからいろいろ楽しいです。万年筆って思ってたよりずっと気軽に使えますね。文字を書くことも増えて……あ、久しぶりに高校のころお世話になった先生に手紙を書いたら、返事がまた達筆で……」

そう言って鞄から葉書を出して、葵に差し出す。

「これ、先生の字も万年筆ですよね。これだけ太いと、なんだか筆みたいだなって。……これ、何色なんでしょう、きれいですよね。ちょっと渋くて」

「きれいですねえ。茶色っぽいけど、わりと赤みが強いですね……」

煉瓦《れんが》のような、落ち着いた色だ。赤みは強いが大枠ではたぶん茶色。太字のせいか、一筆の文字でインクの濃淡が顕著に出ている。インクが溜まっている箇所は焦げ茶に近い。

葵が色見本と葉書の字を見比べて唸っていると、ふわりと耳元の空気が動いた。

すぐ横に、宗方の気配。

「市販されているものなら、シェーファーのブラウンの可能性が高いと思いますよ」

耳元を深い声が撫でていく。声をインクの色にたとえるなら、宗方の声は深い深いブラウンセピアだな、とふと思った。

「さすが万年筆屋さん！　これ見ただけでわかっちゃうんですか？」

「たまたまです。それに、本当に合っているかどうかは確信持てませんが」

そう控えめに答えて、宗方はまた離れていく。それを目で追っていた彼女が、小さな声で葵を呼んだ。

「綾瀬さん」

「はい？」

ちょっと、と身振りで近くに寄れと促されて、葵は顔を近づけた。

「あのひと、ちょっとかっこいいですね」

「えっ、店長がですか？」

「えっ、店長なんですか？」

店長なんですよ、と頷くと、にやっと悪い笑みが返ってくる。

「毎日一緒にいたら、ちょっとどきどきするんじゃないですか？」

「し、しませんよっ。なに言ってるんですか」

あわてて否定しながら、ちらりと宗方のほうをうかがった。大丈夫。こちらのしょうもない話に気づいている様子はない。こんな話を聞かれた日には恥ずかしくて二度と目を合わせられない。

自分にとっては、宗方志貴というひとはあくまでも紅葉坂萬年堂の店長であり、万年筆の師匠なのだ。それ以上を知りたいと欲を出したから罰が当たった。飛び越えてはいけない線を不用意に踏んだ結果が、いまの気まずさを生んでいる。

だから、これ以上近づいたりしない。

強制的にその話題を終わらせると、葵は席を立ってお試し用のインクストックからシェーファーのブラウンを探し出す。試筆してみたら葉書の文字と同じ色をしていて、二人そろって歓声を上げた。

すごいすごいと騒いでいたら、カウンターの隅にいた宗方が居心地悪そうに身を縮めて控え室に入ってしまった。それを見て、お客の彼女が肩をすくめる。

「シャイなひとですね」

「そうなんです……」

「わたしなら、こんな特技があったら自慢しますよ」

絶対に自慢などしないだろうし、本人はなんとも思ってないだろうけれど、やっぱり宗方志貴はすごいのだった。

万年筆のことだけだというけれど、これだけ極めていたら十分じゃないか。すごいなと思うと同時に、悔しくなる。彼女の言うとおり、自慢するくらい自信を持ったっていいのに。

結局彼女はパイロットの色彩雫の山栗という、焦げ茶系のインクを選んだ。それと一緒にコンバーターを購入し、太字の万年筆も気になると試し書きをしていった。

「また来ます」と店を後にする背中が、坂の下に小さくなっていくのを見送りながら、万年筆で繫がるとはこういうことかと実感する。買って、終わりじゃない。

万年筆という一つの存在で、いま、葵と彼女は繫がっている。

そういえば、自分はまだ彼女の名前も知らない。でも、彼女が万年筆を使い続けてくれる限り、またこの場所で会えるだろう。次に会ったときには名前をきいてみようと思いながら、葵は振り返る。

少し離れて、ちいさな店の全体を視界におさめた。

紅葉坂萬年堂という店が、万年筆によっていろんなひとを繫げている。こんなふうにしていったい何人と宗方は繫がっているのだろう。

これから先、何人と繫がっていくのだろう。

自分には万年筆しかないと宗方は言うけれど、万年筆で繫がっているひとたちも含めたら、宗方の世界はとても広いと葵は思う。

自分にはこれしかないと言えるものがあるなんて、羨ましい。葵にはまだなにもない。これしかないと思う存在を、全力で大切にして、愛している。それがとても羨ましくて、憧れて、憧れたものを冷たく卑下されたから哀《かな》しくて悔しかったのだ。

たぶん、こういうことを、あのとき自分は伝えたかったのだ。

伝えられなかった言葉が、胸の中で渦を巻く。

◇

宗方の捻挫が完治した。

とくに宣言はされなかったが、ある日出勤したら宗方の手からサポーターが消えていて、ものすごい勢いでなにか書き物をしていた。

どうやら発注書に書き込んでいるらしい。ここに来てずっと、葵が担当していた仕事だった。捻挫した宗方の代わりに、書き物系の仕事はすべて葵が担当していたのだ。今日からはその配分も変わるだろう。

無表情だけれど、どこか楽しそうに発注書を書いている宗方に挨拶をして、葵は控え室へ向かう。

リュックを下ろしてもまだ背中に重たい荷物を背負っている気分だった。胸の中もすっきりしなくて、体内の空気をぜんぶ新鮮な空気に入れ換えたくなる。わかっている、すべて自分の気持ちの問題だ。

宗方の手が治ったのは嬉しいのに、どうしてだろう。素直に喜べなかった。

自分が役に立てる場所が一つ減ったという思いが、なににも増して重くのしかかってきた。もともと万年筆に関しては無知だったし、いまだって知らないことのほうが多い。お客さんのほうが詳しくて、葵は教えてもらってばかりだ。

このまま、要らなくなってしまったらどうしよう。

猫の手も借りたいというときにやってきた、まさしく「猫」であると、葵は自分のことをそう認識している。猫より優れているのは、字が綺麗ということくらいだ。

もうすぐ明ける試用期間のことを考えると胃が痛い。正式採用に至らない場合も、あるかも知れない。一週間前、宗方と休日に出かける前だったら、試用期間のことなんて忘れていられたのに。

あの日以来、自分たちの関係はよろしくない、どころか、悪くなっているように思う。気まずい空気が毎日少しずつ溜まっていって、いまや無視できないほど二人のあいだに横たわっている。

あの日、宗方に買ってもらった巨大なクリップも使えないまま控え室の隅に置いてある。いまあのクリップを持ち出す勇気はない。楽しい想い出が詰まっているおかげで、現状との落差に落ちこんでしまう。

一見気にしていないように思える宗方だが、ただでさえ少ない口数がさらに減っているのは事実。一緒に出かけた日、あんなに楽しく過ごして会話も弾んだのが、いまや夢のよう。

どうやったら宗方とまともに言葉を交わせるか、その方法さえわからない。業務に関することを話すのにも、一呼吸気合いを入れる必要があった。

辞めたくはない。ここで頑張ると決めたから。

でも……、と、葵は鞄に突っ込んだ薄い求人雑誌に触れる。今日、駅で衝動的につかんできてしまったのだ。

一応、辞めなくてはいけなくなったときのために、次の仕事を探すだけ探しておいたほうがいいかも知れない。

もし辞めることになっても、せめてそのときには、ちゃんと宗方に謝ろう。

制服代わりの黒エプロンをまとって店頭へ出ると、宗方が身支度をしているところだった。

「綾瀬さん、ちょっと出かけてくるので店をよろしくお願いします」

「かしこまりました。えーと……」

「すぐに戻ります。郵便局へ行くだけなので」

「わかりました」

最近、また宗方とさっぱり目が合わなくなった。

細身の背中が紅葉の嵐に消えるのを見送って、葵は掃除に手をつける。

掃除は好きだ。一心にガラスケースを磨いていると余計なことを考えなくて済む。

コの字に展開されたケースを半分ほど磨き終わったところで、店内にチリンとベルが鳴り響いた。

宗方にしては荒っぽい鳴らし方だなと思いながら振り向いて、ハンディモップを持ったまま固まった。

「ねえ、もう修理終わったかしら」

ペリカンの万年筆を修理に出した女性だ。二週間ほど前、宗方志貴を落ちこませた女性。あのときと同じ一方的な勢いで話しながらカウンターに肘をついて葵を見る。

「きいてる？　このまえ頼んだ修理、もう終わった？」

ハッと我に返って頭を働かせる。たしか宗方が説明していたはずだが、相手にうまいこと伝わっていなかったらしい。

「すみません。まだ見積もりも出ていない状態なので、戻ってくるまでは――」

「なんだ。そんなに時間かかるのね。部品交換するだけじゃないの？」

「ピストン部分はおそらく交換になるかと思いますが、ペン先はなるべく今のものをそのまま使う方向で……」

「あら、そっちも交換しちゃっていいわよ」

「でも、せっかくお客様の書き癖に馴染んだペン先ですから」

「馴染むほど使ってないもの」

でも、と言いかけ口をつぐむ。この女性に、なにをどうやって伝えたらいい？　カーディガンを羽織り直した女性が店内をくるりと見回して、ため息をついた。

「こんなにいっぱい……ぜんぶ万年筆なの？」

「いえ、ボールペンやペンシルもあります。でもだいたいは……ええ、万年筆です」

「いまどきこれでやっていけるの？　買いに来るひといる？」

「けっこういらっしゃいますよ。贈りものとしても人気がありますし」

ふうん、と気のない相槌《あいづち》を打って、彼女は葵を振り返る。

「今日はあの男のひといないの？」

「店長は所用で席を外していますが、すぐに戻りますよ」

「あのひと店長なの！　驚いた。まだ若いのに」

女性はカウンターに肘をつき、ぐっと身を乗り出した。葵は思わず後ずさる。

「ね、どうして万年筆なの？」

一瞬なにを言われたのかわからなくなるほどの率直さで、彼女は言った。とくに悪意の影もない。単純に不思議でたまらないという声だったから、葵も素直に「どうしてだろう」と首を傾げた。

たしかに、手軽ということだったらボールペンにかなわない。文字を書くだけならどんなペンだって構わないはず。

少しでもペンに興味があるひとに向けてだったら、ここに並んだペンを勧める言葉は持っている。だけど、目の前の女性には同じ言葉は意味がない気がした。

考え込む葵に、女性は続ける。

「わたしもね、使おうとしたのよ。せっかくもらったしね。だけどインクを入れるの面倒だし、手は汚れるし、なんかもう……扱いにくいし。それで放っておいたら、ほら、壊れちゃったし」

「そうですね。……たしかに万年筆は面倒くさいと思います」

ずばり言ってしまうと、女性は驚いたように軽く目を見開いた。葵は苦笑をこぼして、胸のポケットから自分の万年筆、セルロイドのキンギョを取り出す。

「これ、わたしの初めての万年筆なんです。ついこのあいだ、この店で出逢って、一目惚れしました」

「そう、かわいいペンね」

「はい」

目の前の女性はきれいなひとだった。花柄のスカートから伸びる足はすらっとしていて、パンプスはちゃんと磨かれている。クリーム色のトップス。首元にはシンプルなゴールドのネックレス。

手荷物はほとんどない。おそらく近所に住んでいるか、職場があるのだろう。散歩の途中で寄ったのかも知れない。ちょっとした外出にも、お化粧とおしゃれをして出かけるひと。

それならきっと、葵が言うこともわかってくれる。

「これはわたしにとってのことなので、店長はまた違うと思いますが……。わたしにとって万年筆は、自分の時間の流れを変えてくれた存在なんです」

我ながら妙なことを言っていると思ったが、意外にも女性は黙って耳を傾けてくれる。聞きますよ、という姿勢に勇気づけられて、葵は先を続けた。

「たしかに、文字を書くだけならどんなペンでも構いません。万年筆の書き味だけでいいなら、こんな凝った軸も要らないかもしれません。でも、たとえば、服で自分を装うように、自分を装ってくれるペンはそうはありません」

その見た目だけで、あの日の葵のこころがふわりと華やいだように。このペンにふさわしい自分、このペンを使える自分でいたいと思わされたように。

いまではしっくり指に馴染むセルロイドの軸。見るたびに惚れ惚れしてしまう。これぱかりは、適当に選んだペンでは不可能なことだ。

値段の問題ではないのだ。魅力を感じたのだったら、そのひとにとってそれが一番だというだけのこと。

「わたしも、最初のころはインクを吸わせるときに手を汚してたんです。こつを摑んだらそんなことはなくなったし、洗浄も手間じゃなくなったんですけど、やっぱりメンテナンスは必要だし、いくつか気をつけなくちゃいけないこともあります。でも……それが面倒じゃないんです」

前の自分だったら、面倒だと思っていたかも知れない。忙しない日常のなか、ペンに気持ちを割くだけの余裕を持っていなかったころの自分だったら、彼女と同じようにインクを入れっぱなしにして、引き出しの奥にしまい込んでいたかも知れない。

「インクを吸わせたり、洗ったり……キャップを開けて、文字を書く……。そういう時間を楽しめる生活がしたいなって、思ったんです」

澄んだ水にペン先をつけた瞬間、ゆらゆらと溶け出していくセピアのインク。その行方を見守っていると気持ちがすっと落ち着いていく。

ああ、インクがゆっくりほどける様を、こんな静かな気持ちで見ていられる。そんな自分に深く安堵する。

「結局、筆記具に過ぎないかも知れない。でも、わたしにとってはそれだけじゃなかったんです」

それだけじゃなかった。

それだけじゃなかったから、綾瀬葵は宗方志貴に憧れたのだ。

「万年筆のいいところは、話し出すとキリがないですけど、大きな理由はそれです。

わたしにとっては……ですけれど」

　恥ずかしいことを真剣に語ってしまった。

笑われるかも知れない、そう思って恐る恐る視線をやった先、女性は片頬に笑みを浮かべて肩をすくめた。

「なるほど。わからないわ」

　さっぱりした物言いは、ともすると冷たく聞こえがちだったが、その顔に浮かんでいたのは意外なほど温かい笑みだった。葵も肩の力を抜いて微笑む。

「わたしにはたぶん、ボールペンで十分なのね。装うっていうのはわかる。きれいなペンはいいもの。……あ、もうこんな時間」

　カウンターの奥の壁掛け時計に目を留めて、彼女はあわてて身を起こした。

　ちょうどそのとき、用を終えて戻ってきた宗方がウィンドウの向こうに見えた。店内に女性の姿を見つけた瞬間、宗方は心なしか焦った様子でドアを引いて戻ってくる。

　小さなボディバッグを手に取って、こちらに背を向ける彼女に葵は声をかける。

「お見積もりが出たらお電話します」

　振り返った女性が悪戯っぽい笑みを浮かべて言った。

「高くても直すわ。いつか……子どもが大きくなってまだ興味があったらあげることにする。今度、わたしに素敵なボールペンを選んでちょうだい」

「えっ」

「あなたの話をきいてたら羨ましくなっちゃったから」

カウンターに入りかけた宗方が、動きをとめて振り返ったのが見えた。心配してくれたのだろう。だけど、大丈夫。

店のドアに手をかける女性に葵は微笑みかけた。

「きっと、素敵な一本を選びます」

よろしくね、と一言残して、彼女は軽やかに店を後にする。

さて、掃除の続きをしようかとハンディモップを取り出したところで、さっきから宗方が微動だにしないことに気がついた。声をかけようとしてぎょっとする。

宗方の目がまっすぐこちらを見つめていたのだ。いつもならすぐ逸らされるはずの視線が、見返しても葵を捉えたまま動かない。

「……宗方さん？」

こわごわ名を呼ぶと、びくっと驚いて後ずさるから、葵もつられて飛び上がってしまう。手から離れたモップが二人のあいだに落ちる。

「なんでそんなに驚くんですか」

「いえ……あの……大丈夫でしたか？」

ふいっと目を逸らして、こめかみをかく仕草がわざとらしい。誤魔化し方があまりに雑だが、ここはおとなしく誤魔化されておこう。

「はい。話してみたら案外気持ちいい方でした。さばさばしていて……あ、でも万年筆の良さはわかってもらえませんでした。すみません」

たぶんそれでいいのだ。合うひとと合わないひとがもちろんいて、自分たちは合うかも知れないひとに正しく万年筆を紹介すればいい。

「見積もりが出たらまたご連絡するということで――」

「綾瀬さん」

「……はい？」

不意に改まった口調で名を呼ばれ、掃除の手を止めて顔を上げた。宗方の視線はガラスケースの中へ注がれていた。伏せられた目に葵は映っていない。

「……なんともなくてよかったです」

はい、と応えながら、きっと言いたいことはべつにあったのだ、という気がしてならなかった。だが宗方はそれを胸の奥にしまったまま口にしてくれない。

ということは、よくないことだろうか。

万年筆をうまく説明できなかったから？

黙っていないでなにか言って欲しい。黙っていたらわからない。つたなくたってかまわないから、言葉にして、伝えて欲しい。自分はちゃんと受け止めるから。

だけど宗方は口を閉ざしたまま違う作業を始めてしまう。待ってても無駄なのはわかっていたけれど、諦めるのに時間が要った。

振り切るようにモップと布を動かして、宗方が唖然とするほどショーケースをきれいに磨き上げた。磨き終わったときには、昼休みの時間になっていた。

◇

葵ちゃん久しぶり、といつもの調子でやってきた二階堂を見て、葵は泣きそうになってしまった。宗方とのことを、何度か彼に相談しようとしたのだ。交換したアドレスや電話番号を何度も確かめて、結局連絡できなかった。

急いで涙を引っ込めて、宗方が昼休みで外出していることを告げると、二階堂は「違う違う」と手を振る。

「今日は葵ちゃんに用があって来たの。いま忙しい？」

「いえ、大丈夫ですけど……。わたしに？　ブログのことですか？」

首を傾げると、二階堂がにやりと口の端を持ち上げる。不穏な気配。思わず身構えてしまう。

「聞いたよー。このまえ、志貴とデートしたんだって？」

「えっ、し……してないですよ！　あれはデートじゃ……それにっ、それにそれにいったい誰から聞いたんですか!?」

勢いこんで尋ねると二階堂が心底楽しそうに見下ろしてくる。宗方と自分が休日に出かけたことを知っているひとは限られている。というより当人たちだけだ。葵は言っていない。だから答えは一つだけ。

「誰からって、そりゃ志貴からだよ」

予測していたとはいえ、一瞬怯む。でも彼が「デート」なんて言うわけがない。あり得ない。

「二階堂さん、わたしをからかってますね」

「残念。からかえなかった」

降参だというように諸手を上げる仕草に肩を落とす。あり得ないとわかっていても、宗方志貴がデートだと言っていたら……とほんの少し想像して、そんなことは一生言いそうにないと思い直す。あるとしても、葵がそれを聞くことはないだろう。

二階堂の肩にはいつもの大荷物はなかった。キャメルのライダースジャケットにはいい具合に光沢があって、使い込まれた雰囲気が漂っている。

外を振り返って客が来ていないのを確認してから、二階堂は話し始める。

「この前の休日にあいつを誘ったら、ひとと出かける予定があるって断られてさ。志貴が誰かと……って珍しいから興味本位で相手を聞いたら、葵ちゃんだっていうからさあ」

「文房具店の市場調査です」

断固とした口調でそう言ったが、二階堂は取り合わない。

「あいつもそう言ってた。けどね、休日に二人で出かけるんだったらさ、そりゃやっぱりデートだよね」

「二階堂さんの中ではそうなのかも知れませんね」

「俺がコーディネートした服、完璧だったでしょ？」

「あっ、あれ……二階堂さんが？」

「だって志貴のやつ、店に出るような格好で行こうとするからさ」

お節介をやきました、と二階堂はおどけてみせる。

あの日の映像が一瞬で脳内を駆けめぐる。前半の楽しかった光景が流れ去ると、あとは悲しい失敗の記憶。思い出した瞬間、ほかの楽しい記憶もすべて台無しになってしまうほどの。

「……葵ちゃん？」

黙って俯いてしまった葵を見て、二階堂が驚いたように笑顔を引っ込める。気遣わしげに名前を呼ばれたことで、堪えていた涙が目からこぼれてしまった。

「あれ？　えっ？　ごめん。どうした？　あのコーディネート地雷だった？」

「すみません……っ、二階堂さんはなにも……悪くなくて……」

あわてて首を振るけれど、二階堂は「はいそうですか」と誤魔化されてはくれないひとだ。宗方とは違う。

「えーと、とりあえず、控え室に行こうか。それで、ちょっと申し訳ないけどクローズの札を下げよう。はい臨時休業」

やさしい声で宥《なだ》めるように言いながら、慣れた様子で閉店の札をカウンターから引っ張り出し、入り口に下げてしまう。

大丈夫です、と言う葵に、二階堂は「そんな顔で接客は無理だよ」と諭すように言ってふっと笑う。

「大丈夫。志貴も一人で店やってたときは、外出中こうやって札下げてたから」

休憩に出ていった宗方はまだ戻らないだろう。ずいぶん時間が経った気がしたが、時計を見たらまだそれほど過ぎていなかった。

最近では、宗方は一時間ゆっくり外で過ごしてくることが多い。葵が来た当初はすぐに戻ってきていた。つまりそれくらい、信用して任せてくれている。なのに。

控え室の椅子に座ってぼんやりしていると、一度出ていった二階堂が戻ってきて「ほら」とホットのミルクティーを差し出した。

指先に触れた缶は温かい。受け取った熱にそっと息を吐いて、波立った気持ちを落ち着かせる。

涙はすでに止まっていた。だけどきっと、二階堂がいないあいだに存分に涙を流したことは、顔を見ればわかってしまうだろう。

恥ずかしくて真っ赤になりながら頭を下げると、彼は朗らかに笑って「気にしなくていいよ」と言ってくれた。

「それで、どうしたのか聞いてもいい？　それとも志貴に聞いたほうがいい？　もしくは見なかったことにするべき？」

三つの選択肢を冗談めかして差し出す二階堂に、思わず笑みがこぼれてしまう。そのどれを選んでも、きっと二階堂なら良いようにしてくれるという気がした。

でも、彼に頼ってはだめだ。これは葵の問題で、葵が解決しなくてはいけない問題。誰かに泣きつくのは間違っている。

「えーっと……………実は、その、わたし、宗方さんを怒らせてしまって」

「え、志貴を？」

心底驚いたという様子で二階堂は目を見開いた。その反応にショックを受けながらも、なにがあったかできるかぎり正確に話した。

「わたし、失礼なこと言ってしまって」

それ以来、自分たちはぎくしゃくしている。謝らなくてはいけないのに、それができないでいる。機会がなかったなんて言い訳だ。機会なんて無理矢理作ろうと思えばどうにだってなるのに、ずるずる一週間も引き延ばしにして今日に至っている。

葵の話を聞き終わった二階堂は、「へえ」と感心したというふうに声を上げた。

「二階堂さん?」

「いや、ごめんごめん。志貴が、そんなふうにだれかと喧嘩するなんて珍しいから」

「喧嘩じゃなくて、わたしが一方的に」

「いや、喧嘩でしょ。あいつが喧嘩に慣れてないせいでこじれてるだけで。俺から言わせりゃただの喧嘩だよ。葵ちゃんがそこまで思い詰めることない。ああなんだ、もっとすごいことがあったのかと思ってびびってたのに」

「安心しないでくださいっ」

早くも脱力しかかっている二階堂を睨んだが、そんなのどこ吹く風とばかりに彼は椅子を引き寄せて腰かけると、テーブルに肘をついてくつろぎ始めてしまう。

「しっかし、俺もそのときの志貴が見たかったなあ」

「二階堂さん、わたし真剣なんです」

辞職の危機なのだ。そうでなくても辞めさせられる可能性だってあるのに。取り合わない目の前の男に、ここ一週間自分と宗方のあいだに横たわっている気まずい空気を吸わせてやりたい。

「俺も真剣だって。……あいつはもう少し、ひととちゃんと付き合ったほうがいいんだよ。万年筆としか付き合ってないのは問題ありだ。大ありだ」

「二階堂さんがいるじゃないですか」

え、と動きを止めた二階堂をじっと見つめる。

「宗方さんは、二階堂さんと一緒にいるときはとても楽しそうです。二階堂さんと話しているときの宗方さんは、なんだか……いいなあって思います」

生き生きしていて、とても人間らしい。万年筆のことならなんでも知っていて、接客も完璧な宗方が、二階堂と一緒にいるときは気を許している感じがする。

その気安さに憧れたのかも知れない。そんなふうに、自分も宗方の素の表情が見たかったのかも知れない。欲を出した。店長と店員で十分のはずなのに。自分を万年筆の世界と引き合わせてくれただけで、十分のはずなのに。

あの日、宗方と過ごした休日は本当に楽しくて、だから錯覚したのだ。引かれていた一線を、少しくらい越えても許されるんじゃないかと。馬鹿みたいに錯覚して、余計なことを言ってしまった。

肩を落とす葵に、二階堂がしゃがみ込んで視線を合わせる。

「葵ちゃんはきっと、志貴と長く付き合っていけると思うよ」

「でも……」

「あいつと喧嘩できる女の子なんて珍しいから、俺からもよろしく頼むよ」

「なにをよろしく頼むんですか。喧嘩なんてしたくないし、仲直りできるかどうかだってまだわかんないのに」

「お、ちょっと元気出てきた？」

「これ以上ないくらい落ちこみきってます」

「よし、じゃあそんな葵ちゃんには、今度会ったときに志貴の高校のときの写真をあげよう」

「えっ……」

いったい今の流れからどうやってそういう話になるのだろうか。

立ち上がった二階堂が、ジーパンのポケットからスマートフォンを取り出す。

「手始めに最近の笑える写真でも送ってあげるから元気出しなよ」

「それ、宗方さんをますます怒らせる気がするんですけど」

だけど、正直写真は気になる。

「……あれ、この流れには身に覚えが……」

つい先日も同じような展開でつられて、アドレスを交換したのだった。

物につられていったいなにをしているのか。しかも、ぶら下げられた餌がどちらも宗方に関することだとは。

「……でも、少し元気出ました」

とにかく宗方に謝ろう。二階堂が言うように喧嘩なんてかわいいものではなかったと思うけれど、どちらにせよ謝らなくては先に進めない。

よかった、と笑う二階堂に、微笑み返すくらいには回復した。

チリンとベルが鳴るのが聞こえても、落ち着いていられるくらいに。

「あ、帰ってきた。うまいこと言っておくから、葵ちゃんは心配しなくていいよ」

じゃあね、と、店頭へ出ていく二階堂にあわててお礼を言った。彼のおかげで、自分がなにをしなくてはいけないか整理がついた。

頭はすっきりしている。もうぐずぐず悩んだりしない。

すぐに表から二人の話し声が聞こえてきた。どうしてクローズの札がかかっていたのか説明しているのだろう。二階堂はうまい言い訳をしてくれるに違いない。

その間に葵は涙を拭いて、鏡で顔をチェックする。若干目が赤い気がするが、宗方のことだ。それくらいの変化は気づかないだろう。

「……綾瀬さん？」

遠慮がちな声。控え室を覗いた宗方に、葵は深々と頭を下げた。二階堂がどんな言い訳をしてくれたのかわからないから、「すみませんでした」とだけ言った。

「綾瀬さん、えっと……大丈夫？」

「はい。大丈夫です」

顔を上げると、視線がぶつかる。宗方の目が束の間、探るように葵の顔の上を動いたのがわかった。目は逸らされない。いまだ、と声がした気がした。勢いのあるうちにあの日のことを謝ってしまえ、と。

「あの……宗方さん！」

「ごめん綾瀬さんちょっと出てくるから店にいて。……接客がまだ無理だったらクローズしてていいから」

じっと葵を見つめていた宗方が、くるりと踵《きびす》を返すなりそのまま勢いよく通りへ出ていく。待ってと引き止める声が、荒々しく鳴ったベルの音にかき消される。

なにか用事を思い出したのだろうか。追いかけて店頭へ出た葵の視界に、ものすごい勢いで路地を駆けていく宗方が映る。

「また、言えなかった……」

せっかく二階堂に勇気をもらったのに。

◇

宗方はそれから三十分も経たないうちに戻ってきた。

店頭に出ている葵を見て、なにか言いたそうに口を開き、結局なにも言わず仕事に戻る。平日のわりに珍しく客が多く、葵も宗方も一息つく暇もなく日が暮れていった。

最後のお客さんを見送って、クローズの札を扉にかけたときにはすでに、閉店時間を大幅に過ぎていた。

最後のお客さんは奥さんへの誕生日プレゼントを探しに来た年配の男性で、かなり長いこと宗方が接客していたのだ。どうやら奥さんの好みの色も（ゴールドが好きかシルバーが好きかも）わからなかったようで、手探りの状態からやっと一本の万年筆に辿り着いたときは内心拍手喝采だった。

途中それとなく「先に帰っていい」と言われたのだが、葵は最後まで残っていた。一晩経つと、話を切り出す勇気をまた一から溜める必要がありそうだったから。

ブラインドを下ろした店内には、クラシック音楽だけが響いていた。

葵はここ最近、閉店後の作業も手伝っている。それくらい仕事を任されるようになったのが嬉しくて、同時にそれを近いうちに失うかも知れないという思いに気持ちが沈んだ。

二階堂はああ言ってくれたけれど、どう考えても宗方の態度はそんな簡単に「喧嘩」の二文字で片づけられるものではないし、葵だって社会人になってからというもの、あんなに剝き出しの言葉を放ったのは初めてだった。どうしてその一歩手前で我慢できなかったのかがわからない。

宗方と二人、無言で閉店作業を進めていく。一つ一つ指示をもらっていたころが懐かしい。あのころに時間を巻き戻しても、きっとまた自分は同じ想いを抱いて、それを伝えずにはいられないだろう。だから、過去は後悔しない。

日中に宗方が書いていた発注書を拾い上げた手が、ふと止まった。

宗方のちゃんとした字を見たのは、今日が初めてだった。

つまり、捻挫していない利き手で書いた字を、葵は今日初めて目にしたのだ。

それは整然と並んだ、几帳面な字だった。

止め撥ね払いまで美しい。

この文字を、自分は知っている気がした。

心臓が暴れて、胸が痛い。発注書をめくって、備考欄に書かれた長文を見つける。

この字。自分はこの字を、知っている。

控え室に取って返し、鞄の中からあのメッセージを引っ張り出す。お守りの、ひとりぼっちだった自分を救ってくれた真摯でまっすぐなメッセージ。並べて置いて、可能性はゆっくり確信に変わる。

このメッセージをくれたのは、宗方志貴ではないか？

「綾瀬さん、ちょっと話があるんですが」

控え室に入ってくる宗方の静かな声がした。

葵は発注書とメッセージを胸に抱えたまま、振り返る。

「手、治ったんですね」

サポーターが外れた彼の利き手。いま思い出したというように、宗方が左手を持ち上げる。

「あ、ああ、治りました。おかげさまで。いままで本当にお世話になりました」

その台詞に息が詰まった。まるでお別れの台詞のようだったから。

もしかして、話というのはそれのことだろうか。

――残念ですが、試用期間の様子を鑑みた結果、正式採用には至りませんでした。

そう静かに、いまのようにあっさり告げる宗方の声と顔が容易に想像できてしまって胸が痛む。

「綾瀬さん」

「わたしも、お話があります」

もしそんなことを言われたら、ショックで謝れる気がしなかった。想像でさえこんなにつらいのだ。実際言われたらどうなるか……。だから宗方の言葉を遮って、葵は深々と頭を下げる。

「このまえは、失礼なことを言いました。ごめんなさい」

「綾瀬さん……」

「でもわたし、宗方さんが空っぽの人間だなんて、やっぱり同意できません」

顔を上げて、まっすぐ宗方を見つめた。

あのとき言えなかった言葉を、今度こそちゃんと伝えたかった。宗方を、さらに怒らせることになっても。どうしても伝えたかった。

「宗方さんは、自分には万年筆しかないって言うけれど、それってすごいことだってわたしは思います。空っぽだなんて、そんなことといったら、なんにもないひとは、どうしたらいいんですか……もっと自信を――」

「すごいことだと言うのなら、それはきっと、万年筆がすごいんです。僕ではなく。僕はただ、それを伝えるだけの存在に過ぎません」

「そんなことない！」

そんなことは、絶対にないのに。

なんでこのひとは、万年筆の力は信じられるのに、自分自身の力を微塵《みじん》も信じていないのだろう。自分がだれかの力になっていることを、どうしてこんなに否定するのだろう。

「わたし、あの日救われました。万年筆に出逢って、万年筆の世界に誘ってもらって、わたしは救われたんです。あれで二度目です。わたしは万年筆に救われたんじゃない。宗方さんに救われたんです。あの日出逢ったのが、宗方さんだったから！」

叔父を失うことを恐れて絶望していた中学生の自分も、荒《すさ》んだ毎日に心身ともに摩耗していた三ヶ月前も、綾瀬葵を救ってくれたのは宗方志貴だ。

目の前の、この、自分にちっとも自信がない宗方志貴なのだ。

「万年筆はただのペンです。それを使うひとがいてはじめて、なにかを伝える道具になる。……伝えようとする、ひとの手が必要です。宗方さんが伝えようって思うから、万年筆で書かれた文字には命が宿るんじゃないんですか」

だんだん自分がなにを言っているかわからなくなってくる。

どうしてこんなに必死になるのかも、よくわからなかった。

ただ、宗方があまりにも自分のことを信じていないから、それが悔しくて、かなしくて、だから、必死になってしまう。

「わたしが憧れたひとのことを、あんまりひどく言わないでください」

宗方はなにも言わない。

沈黙に耐えきれず、葵は発注書をデスクに置くと、鞄だけつかんで外へ走り出た。

また逃げるのか、と、頭の中で咎める声がしたけれど、どこかでひとりになって、気持ちを立て直したかった。

通り過ぎざまに名前を呼ばれた気がしたけれど、気のせいだったような気もする。

謝るつもりでいたのに、いったいなにをやっているのか。せっかく二階堂に勇気をもらったのに。

積もった落ち葉でふかふかしている坂を一気に駆け上がり、葵は夜空を仰ぎ見る。

「あーあ……」

上着を置いてきてしまったせいで肌寒かった。ほとんどの葉を散らした木の枝が、寒々しく夜風に揺れている。

駅は坂の下のほうなのに、なぜ上ってきてしまったのだろう。このあたりは夜になると人気《ひとけ》がない。途中で細道に入ると、さらに辺りは暗くなった。

自分はけっこう冷静な人間だと思っていたが、どうも認識を改めねばならないようだ。勢いで飛び出してきて、肌寒い夜に上着もなく、当てもなく夜の街を歩いている。こんな無鉄砲なこと、学生のころだってしなかったのに。

明日、どんな顔で出勤すればいいだろう。いや、もう来ないでいいと告げられる可能性が高い。口で言われるならばまだいい。これで置き手紙でもされていたら……。

そう考えて、想像できてしまうことに頭を抱える。

大事なことは文章で伝えると言っていた宗方のことだ。十分にあり得る。

手書きの文字は、いつまでも物として残るところが良くもあり、悪くもある。嬉しい文章ならばいいが、解雇通知なんて手書きで渡された日には立ち直れない。

しかも、相手はあのお守りのメッセージのひとなのだ。

ため息をついて、立ち止まったときだった。

後ろからいきなり腕をつかまれて、反射的にふりほどこうともがいた。血の気が引く。声が出ない。見渡すかぎり人の姿はない。

「綾瀬さん！」

「離っ……え、む……宗方さん!?」

振り返ってよく見れば、葵の手をつかんでいるのは他ならぬ宗方志貴だった。

抵抗をやめた葵にほっとした表情を浮かべ、宗方はがくりと崩れ落ちる。腕をつかまれたままだったから、葵もそろってしゃがみ込んだ。

「だ、大丈夫ですか？」

「ひ、久しぶりに……こんなに、走った」

ちょっと待っててというように手を振って、彼は深呼吸を繰り返す。そのあいだも手は離れない。離したら逃げると思っているのか。

なんとか落ち着かせようとしているらしいが、話せるほどに息が戻るまでにだいぶ時間がかかった。それはもう、葵の動悸《どうき》がすっかりおさまるほど。

「運動不足だ……」

「そのようですね……」

そろりと立ち上がった宗方が、いま気づいたとばかりに葵の腕から手を離した。あわてて距離を取る様子がおかしくて、そんな状況でもないのに笑ってしまう。

宗方が拗ねたように眉を寄せた。

「話の途中でいなくなるのは、よくないですよ」

「……ごめんなさい。追いかけてきてくれて、ありがとうございます」

自分勝手に飛び出してきた葵のことを追いかけてきてくれたのだ。紅葉坂は急な坂だ。それを、息を切らして追いかけてきてくれた。

たとえそれが、解雇の知らせのためであってもちゃんと聞いて受けいれよう。宗方志貴が出した答えなら、きちんと正面から受け止めよう。

意外にもこころは落ち着いていた。まっすぐ見つめる葵から視線を逸らし、宗方は「歩きながら話しましょうか」と店へ引き返し始める。その横に、葵も並んだ。

「……こういうのは、慣れてないんですよ」

「走ることですか？」

「違います。いや、それも慣れていないですが、そうじゃなく……」

ひどく言いにくそうに、宗方は眉を寄せながら口を開く。

「なんというか、こんなふうに、誰かと話すのが……」

疲れます、と、不機嫌そうに宗方が呟いた。そのわりに、どういうわけか怖くはなかった。なぜだろう。肚《はら》をくったからだろうか。

「まあ、でも、そうですね……。文字では伝えきれないことも、たまにはある……というのには、同意します」

「宗方さん……」

「どうやらこれは、いま言わないと後悔しそうなので」

坂を半ばまで下りてきたところで、宗方がぴたりと立ち止まって振り返った。街灯の下、かすかに目を伏せた顔が照らし出される。ついでにその顔と耳が赤く染まっているのも。それで、不機嫌そうな顔と声が単に照れ隠しなのだと気がついた。

「綾瀬さん」

「はい」

緊張しながら次の言葉を待っていたのに……

「明日、あなたが楽しみにしていた新製品が入ってきますよ」

たっぷり十秒くらいは間が空いて、葵は「え」と声を上げる。

息を切らして追いかけてきて、いったいなにを言われるかと身構えた結果が、新製品のお知らせ？

「あの、宗方さん……」

「新製品が入ってくるので」

「はあ……」

「いないと困りますから」

「…………」

「明日も、これからも」

「宗方さん」

「綾瀬さんがいないと困ります」

不機嫌そうな顔の宗方が言わんとしていることがわかって、葵は言葉を失った。息を切らして追いかけてきてくれて、彼は言ってくれたのだ。


——綾瀬葵にいて欲しい、と。


こみ上げた涙を乱暴に拭って、葵は笑顔で頷いた。言葉は、喉の奥につかえて出てこなかった。頷くのが精一杯だった。

宗方がふっと緊張を解いたのが気配でわかる。坂を下りかけ、思い出したようにまた足を止めた。追いついた葵が下から顔を覗きこむ。

「宗方さん？」

「……そういえば、綾瀬さん」

「なんですか?」

「二度目って、どういうこと?」

「え、二度目?」

なんのことかと首を傾げると、宗方が視線をさまよわせながら口を開いた。

「えーと……僕が、その、きみを救ったただのなんだの……」しどろもどろの声に、今度は葵があわてる番だった。

「あ、ああ……」

うっかり口走ったことを宗方は覚えていたようだ。なんと言えばいいだろう。

あのメッセージの送り主が宗方だと思ったことも、少し経つと確信が揺らいだ。

ただ単に筆跡が似ているということもあるだろうし、もし万が一、同一人物だというのなら、明らかにする前にこころの準備をさせてもらいたい。

よし、とりあえず誤魔化そう。

「そういえば。昼間、戻ってきたあと、すぐに外へ出ていっちゃいましたけど、あんなに急いで……あれ、なんだったんですか?」

一応本当に気になっていたことを尋ねる。これで誤魔化されてくださいと苦しまぎれの笑みを浮かべると、仕方ないなと肩を落とされた。

「……ずいぶん無理矢理な」

「まあまあ、いいじゃないですか。それで？　なんのご用だったんですか」

「…………………」

気まずそうに俯いた宗方が、小さな声でぼそりと言った。聞こえにくくて顔を近づける。

「あなたが……二階堂に泣かされたのかと……思って、ですね……」

「えっ」

もしかして、と先を促すと、案の定。

「追いかけていって、怒りました」

「……二階堂さん、なんて？」

「呆れたような目で見られましたよ。……あなたが泣いていたのは僕が原因だと言われたので、必死に考えたんです、これでも」

「それは……お手数おかけしました」

ぺこりと頭を下げると、あわてた早口が返ってくる。

「べつにこれはあなたの雇い主として当然のことで……いや、ああ違うな……」

宗方はくしゃくしゃと髪をかきまぜて、逃げるように先を急いだ。葵もその背中を小走りに追いかける。

萬年堂の明かりが、ブラインド越しに路地へ漏れていた。淡い明かりの中へ足を踏み入れ、宗方はドアへと手を伸ばす。その手が、不意に止まった。

「僕にとって、綾瀬さんはあのメトロポリタンの白いボールペンみたいなひとだったんですよ」

唐突な早口に、反応が遅れた。

「だから心配しました」

それはどういうことかと問おうとして、口をつぐむ。

振り返った宗方の顔が、あの日葵が見たかった表情を浮かべていたから。それで、なにも言えぬまま、戸惑いがちに差し出された手を、ただ握り返した。

「ようこそ、紅葉坂萬年堂へ」

正式に採用です。と、少し早い試用期間の終わりを告げて、宗方志貴は照れくさそうに笑った。

零筆目　あの日、彼も救われた

まったくもって情けない。

まさか就職活動中に貧血で倒れた挙げ句、病院に運ばれるなんてきっと自分くらいだ。聞いたらきっと、あの友人は大笑いしてことあるごとにネタにするだろう。

腹を抱えて笑う様が容易に想像できて、絶対に耳に入らないようにしなければと改めて思う。

点滴を打たれた腕から脱脂綿を剝がして、ため息を吐きながら背もたれに全体重をかけた。

頑張ってね、と苦笑気味な医者の言葉で診察室から送り出されて、いま、彼は病院に併設されたカフェにいた。

自分は社会で生きていけない人間なのではないだろうか。人の輪の中で生きていくのに、自分は全然向いていない。

ここ最近頭の中をちらついていて、そのたびに全力で考えないようにしていたものが、今はもう大きく膨れ上がってどうしようもなかった。

一緒に北海道から出てきた、ほとんど唯一といってもいい友人はすでに就職を決めている。人当たりもいいし、どんな相手とでもうまくやれる。やりたいことがはっきりしていて、そのための努力も怠っていなかったから当然といえば当然だ。決まったときは素直に嬉しかったのだけれど……。

比べるのは間違っている。が、それを考えて焦ってしまう自分に嫌気がさす。

自分は彼みたいにはとうていできないし、しようとも思えない。自分の性格についてはよくよく承知しているつもりだ。

それを曲げて、貧血で倒れるほど無理をして、就職して、そのあとは？

ずっと無理してやっていくのだろうか。

人付き合いは苦手だ。初対面の人間とにこやかに他愛ない話に花を咲かせる能力は自分にはない。いや、その技術を磨いてこなかったと、正直に言い換えてもいい。

そしてなにより、就職活動で苦労している今に至ってもなお、こころのどこかで反省していない自分がいる。

手に負えないな、と、我が身を振り返って嘆息した。

思考を中断して、すっかり冷めてしまった珈琲に口を付けたとき、不意に隣のテーブルの会話が耳に入った。べつに聞き耳を立てるつもりはなかったけれど、一度耳が拾ってしまうと意識がそちらに持っていかれてしまう。

女の子と、その親戚らしい男。

入院しているのは男のほうで、女の子は見舞いに来ているらしい。話しぶりから、どうも二人暮らしらしいということがわかる。

女の子の声は明るかった。会話が耳に入ってしまった以上、深刻な病状でなくてよかったなと思いながら、聞くともなしに聞いていた。

病院に併設されているせいだろう、どこにでもあるチェーンのカフェ店だがどこか雰囲気が独特だ。病院服のまま来ている者も目立つ。席を立とうとしている隣の男性もその一人だった。

「じゃあ、そろそろ戻るよ」

「うん。また明日来るから。なんか持ってきて欲しいものがあったらメールしておいて。朝までにくれたら、学校終わってそのまま来るから」

「そう毎日来なくてもいいよ。そろそろ試験だろ」

「勉強してるもん。大丈夫だよ」

男性が立ち去って、しばらくたったころだったろうか。隣の二人組のことなどすっかり忘れてぼんやりしていた耳に、ふっ、と、なにかを呑みこむような妙な音が届い

からころも
万葉集歌解き譚

篠綾子

一年半前に、富山に仕事に出かけたまま戻ってこない父。十二歳の息子・助松は、残された日記に記された万葉集の数々が、父の行方を探る鍵となるのではと考えたが……。謎解きと万葉集の和歌の数々が楽しめる、シリーズ第一弾！

―――本書のプロフィール―――

本書は、小学館文庫のために書き下ろされた作品です。

小学館文庫

たまもかる
万葉集歌解き譚《まんようしゅううたとたん》

著者 篠《しの》 綾子《あやこ》

二〇二〇年十月十一日 初版第一刷発行

発行人 飯田昌宏
発行所 株式会社 小学館
〒一〇一-八〇〇一
東京都千代田区一ツ橋二-三-一
電話 編集〇三-三二三〇-五八一〇
販売〇三-五二八一-三五五五
印刷所 ——— 中央精版印刷株式会社

ISBN978-4-09-406829-0

腕をふるった
あなたの一作、
お待ちしてます！
第3回
日本おいしい小説大賞
作品募集
大賞賞金
300万円
WEB応募もOK！
選考委員
山本一力氏（作家）
柏井壽氏（作家）
小山薫堂氏（放送作家・脚本家）
募集要項
募集対象
古今東西の「食」をテーマとする、エンターテインメント小説。ミステリー、歴史・時代小説、SF、ファンタジーなどジャンルは問いません。自作未発表、日本語で書かれたものに限ります。
原稿枚数
400字詰め原稿用紙換算で400枚以内。
※詳細は「日本おいしい小説大賞」特設ページを必ずご確認ください。
出版権他
受賞作の出版権は小学館に帰属し、出版に際しては規定の印税が支払われます。また、雑誌掲載権、Web上の掲載権及び二次的利用権（映像化、コミック化、ゲーム化など）も小学館に帰属します。
締切
2021年3月31日（当日消印有効）
＊WEBの場合は当日24時まで
発表
▼最終候補作
「STORY BOX」2021年8月号誌上、および「日本おいしい小説大賞」特設ページにて
▼受賞作
「STORY BOX」2021年9月号誌上、および「日本おいしい小説大賞」特設ページにて
応募宛先
〒101-8001 東京都千代田区一ツ橋2-3-1
小学館 出版局文芸編集室
「第3回 日本おいしい小説大賞」係
くわしくは「日本おいしい小説大賞」特設ページにて
募集要項を公開中！
www.shosetsu-maru.com/pr/oishii-shosetsu/
協賛：kikkoman おいしい記憶をつくりたい。
神姫バス株式会社
日本味の宿
主催：小学館